Déclinaisons Meurtrières

Collectif d'auteurs

Déclinaisons Meurtrières

Policier
PGCOM Editions

Déclinaisons Meurtrières
© PGCOM Editions 2019
Tous droits réservés
http://www.pgcomeditions.com/
ISBN : 978-2-917822-67-8

Une heure

Frederic Dumas

Bats-toi si la cause est belle,
Reste debout, reste rebelle,
Si tu ne vaincs, au moins tu gênes,
Ceux qui déjà soufflent leur haine...

Une heure... 60 minutes... Voilà ! C'est le temps qu'il me reste à vivre... Comment j'en suis arrivé là ? Pourtant, j'étais sûr d'avoir un coup d'avance. Notre métier c'est comme une partie d'échecs, l'avantage est toujours à celui qui voit le plus loin, celui qui calcule et qui anticipe les futures positions possibles de l'adversaire. En fait il me balade depuis le début. Il m'a toujours laissé croire que j'avais l'avantage. Il me connaît bien. Il a utilisé la méthode la plus élémentaire en manipulation : faire croire à l'autre qu'il mène le jeu. Comme le temps passe vite quand on sait qu'on va mourir bientôt. 58 minutes...

*

Tout a commencé il y a une semaine. Ce dimanche matin là, je rangeais mon bureau, au dernier étage du 36. Sous les toits surchauffés du Quai des Orfèvres, il fallait bien que j'élimine ces tonnes de vieux dossiers. Et puis, c'est « Dieu » lui-même qui m'a demandé de faire place nette. Eh oui, le patron s'est cogné les quatre étages au pas de gymnastique pour venir jusqu'à la piaule la semaine dernière, m'annoncer qu'il avait trouvé mon remplaçant. C'en est fini du Commissaire Ange Beaufils, « le Beauf » comme m'appellent mes gars. Dans deux mois c'est un brillant Commandant de vingt ans mon cadet qui va reprendre mon équipe. Voilà ! Obsolètes les commissaires, les inspecteurs... vive les commandants, lieutenants et capitaines. Il paraît que mon

9

successeur est un as de l'informatique. Place à la police moderne, scientifique, Interpol, les bases de données, les systèmes experts, la génétique... Au rencart le flair, les interrogatoires musclés, le bluff, les intuitions... De toute façon je m'en fous... Après moi le déluge... Tiens, ça vibre dans ma poche ! Ah oui, mon Smartphone. Cadeau de mes gars pour mon départ. Mes gars... ils vont sûrement me manquer. Des nuits entières à planquer dans des bagnoles à boire du café froid, dans l'espoir d'un flag... Eux aussi ça va leur faire drôle. Le Beauf se casse... Adieu les filoches, les arrestations sportives, les indics, les combines, les copains du milieu... Bonjour la rigueur, la méthode, la hiérarchie, l'efficacité...

*

56 minutes... Il fait noir... J'ai froid, j'ai mal aux poignets... Ça ne fait que quatre minutes que je me suis réveillé. Depuis combien de temps suis-je attaché sur cette chaise ? Les LED bleues éclairent presque tout l'espace qui m'environne. Difficile d'y voir clair, mes yeux n'arrivent pas à passer du bleu électrique vif des digits du minuteur au bleu pâle et blafard des murs. Arrête de regarder le temps, concentre-toi ! L'humidité et le silence me font penser que je suis sous terre. Comme un papillon de nuit, je n'arrive pas à me détacher de cette lumière vive. Comme un papillon de nuit, j'ai été aveuglé et je l'ai suivi jusqu'ici. Comment vais-je m'en sortir ? M'en sortir ? C'est pas pour moi... Qu'est-ce qui peut bien me motiver pour me sauver ? Je vis seul, j'ai pas d'enfant, je sais être que flic et ma meilleure amie est une bouteille de whisky... 55 minutes...

*

Un message... Encore une publicité stupide de ces opérateurs. Je suis devenu un champion du Smartphone maintenant. Avec une seule main, j'arrive à le dégainer et à ouvrir l'application des messages avec mon pouce. Finalement un portable c'est comme un flingue, sauf qu'on ne sait jamais où on l'a foutu... Bah !... Au moins on risque pas de faire une bavure. Message de merde... Qu'est-ce qu'ils veulent ces cons-là ? Me refiler des forfaits encore plus chers ? Qu'est-ce que c'est que ça ?... « Caedite eos. Novit enim

Dominus qui sunt eius - Jacob ». Du latin ! Bientôt 50 ans que je n'ai pas fait une version latine. Et puis c'est qui ce naze qui m'envoie ça ? Appelant... Inconnu... Une blague ? Pas très drôle... Si seulement je savais me servir de ces traducteurs automatiques sur internet... Bon, on verra ça plus tard... Ou alors... Ça parle bien le latin un curé ? Les églises c'est pas mon coin favori, mais dans une vie de flic on en croise des mecs bizarres. De toute façon je n'ai rien à faire aujourd'hui, c'est dimanche, le jour du Seigneur, alors allons-y... Même pas la peine de prendre la bagnole. Direction l'église Saint Sulpice dans le 6e... Le Pont Neuf, le quartier de la Monnaie à traverser et me voilà devant l'église... C'est peut-être encore fermé. Quoi que !... À n'importe quelle heure de la nuit ou du jour, il y a toujours quelques vieilles bigotes pour hanter ces lieux. Peut-être qu'il est là...

- Le Beauf ? Il était temps que tu viennes expier tous tes péchés !
- Zonzon ! Putain tu m'as fait peur !

Il était là, derrière moi, il n'a pas changé, à part qu'il a troqué son costume deux pièces contre une soutane et son P38 contre un Missel. Ex-commissaire Tison, dit « Zonzon », rapport à son nom de famille, mais surtout au grand nombre de salopards qu'il a expédiés en prison.

- C'est Père Michel maintenant mon fils, alors s'il te plaît oublie Zonzon et puis suis-moi dans la sacristie je vais te faire un café.

- Père Michel... hahaha !... N'importe quoi !... Pas encore défroqué, vieille canaille ?
- Au risque de te décevoir... Non !... Et puis là-haut... Ils m'ont à la bonne...

Les murs épais, les voûtes centenaires, maintiennent dans cette église une fraîcheur bienvenue après une marche à pas cadencés dans les rues de Paris au mois d'août. Une table ronde, deux chaises… Dans un coin, une cafetière qui glouglloute… C'est paisible.

- Alors qu'est-ce que tu deviens ? Comment vont les collègues ?
- Ça y est, on me fout au placard…
- Ah ! C'est pas trop tôt… Et tu vas faire quoi ?
- Va falloir que je m'occupe… suis pas du genre à rester à la maison. Tu te rappelles de Grillot ? Il a monté un stand de tir dans son bled et il a besoin d'un instructeur.
- Dis… Si t'as bougé ton cul jusque-là, c'est pas pour me baver que tu vas prendre ta retraite ou pour te confesser alors, qu'est-ce que tu veux ?

Ce bon vieux Zonzon n'a pas changé. Dommage qu'il ait tout plaqué. Mais il est parti à temps. Il est parti avant d'en prendre une dans le buffet ou pire avant d'être désabusé…

- Ce matin j'ai reçu un message en latin, sur mon portable et tu connais mon niveau…
- Hahaha ! Voilà que tu te mets aux nouveaux technos maintenant ? On aura tout vu…
- Lis ça, au lieu de rigoler… « Caedite eos. Novit enim Dominus qui sunt eius - Jacob ».
- Tu connais cette phrase… Me dit Zonzon… Ça te dit quelque chose les Albigeois ?
- Vaguement… les cathares ?
- Oui c'est ça, enfin presque. Si tu avais un peu plus écouté à l'école tu te serais souvenu de cette phrase… « Tuez-les tous. Dieu reconnaîtra les siens ».
- Me voilà bien avancé… qui a dit ça ? Ce Jacob ?
- Non, on l'attribue à un archevêque nommé Arnaud Amaury. Au tout début du XIIIème siècle les cathares sont devenus très puissants. Du coup, le pape Innocent III décide de lancer une croisade en France.
- Ces cathares, c'était en quelque sorte des extrémistes chrétiens non ?

- Oui c'est à peu près ça… Ils considéraient que l'univers était la création d'un démiurge ambivalent et les corps charnels la création de Satan. Donc pour eux, le monde matériel dans lequel nous vivons est impur alors que le paradis est le domaine de Dieu dans lequel les âmes se retrouvent sous forme d'Anges.

- Mais en fait, ils n'ont fait que pousser le christianisme dans des limites un peu plus extrêmes, non ? Car pour les catholiques, si je me rappelle bien mon catéchisme, Dieu a chassé Adam et Ève du paradis et les a envoyés dans un monde rempli de tentations. Du coup, le paradis n'est accessible qu'à ceux qui auront eu une vie bonne et qui auront confessé leurs péchés. Alors pourquoi les cathares ont-ils été persécutés ?

- Cathare en grec ça veut dire « pur ». Les plus pratiquants menaient une vie exemplaire. Ils étaient très critiques de la hiérarchie catholique, de sa richesse et de son pouvoir. Ils ne reconnaissaient aucunement les églises comme des lieux saints. Ils étaient également opposés à la société féodale et remettaient en cause le dogme du pape. Tu peux donc comprendre que l'ampleur de ce mouvement dans le sud de la France dérangeait un tant soit peu ce clergé dont la principale source de revenus venait des églises et dont l'emprise sociale était stabilisée par les vassaux.

- Tu veux dire que ce mouvement cathare commençait à prendre suffisamment d'ampleur pour assécher les caisses du Vatican ?

- Le Vatican n'existait pas encore, les papes étaient à Rome, mais tu as raison…

- Donc bagarre !... Et Arnaud Amaury dans tout ça ?

- Et bien en 1209 c'est le siège de la ville de Béziers. Les cathares, considérés comme hérétiques, sont mélangés aux catholiques, donc difficile de les différencier. Arnaud Amaury aurait donc déclaré : « Tuez-les tous, Dieu reconnaîtra les siens ». Autant dire que la décision a été prise de tuer tout le monde.

- Et… Ils ont tué tout le monde ?

- Oui, une hécatombe, plus de 20,000 morts. La ville de Béziers a été mise à sac. Ce qui n'a pas empêché le mouvement cathare de résister jusqu'au XIIIème siècle.

- Bon ! Et mon message ?

- Peut-être ce message est une simple blague, ou alors la pièce d'un puzzle ?

- Allez je me casse, je commence à avoir froid… Et puis tu sais moi, les curés…

- Hahaha, oui… moi aussi ça m'a fait plaisir de te revoir…en tout cas tu sais que tu es toujours le bienvenu dans la maison du bon D…

- Non non ! N'essaie même pas…

Une fois dans la rue, la douceur du mois d'août me fait frissonner. Ma vieille carcasse s'était refroidie dans la Sacristie et le léger courant d'air chaud me ramena à la vie. Le ronronnement de la ville, les odeurs de la rue me revigoraient. Ça m'avait fait plaisir de revoir Zonzon. En fait, je ne m'étais pas aperçu qu'il me manquait… Qui peut bien être ce Jacob ?

*

46 minutes… c'est clair, vu la masse d'explosif, l'explosion va être colossale. Quand ça va péter, je serai d'abord pulvérisé puis écrasé par des tonnes de gravats. Ça ne durera qu'une fraction de seconde, je ne sentirai rien. On ne me retrouvera pas. Mais pourquoi autant d'explosifs juste pour m'éliminer ? Oh ! Ça y est je me souviens… Il faut que je me sorte de là, il faut que j'arrête cette bombe… 45 minutes…

*

- Commissaire Beaufils ? Bonjour je suis le Commandant Kleber… votre remplaçante.

- Remplaçante ?... Je lève les yeux… Tailleur, pantalon gris foncé impeccable, fine, grande, blonde, elle me dévisage en attendant ma réaction. Elle le met où son flingue ?

- Euh…bonjour… bienvenu… Je me lève et lui tends la main. Elle a de la poigne.

- Où est votre équipe commissaire ?

- S'il vous plaît, appelez-moi Ange… Sur le terrain. Il y a eu un casse Boulevard Sébastopol. Si vous voulez on peut aller les rejoindre. Vous les verrez à l'œuvre…

- OK, mais je conduis… au fait, moi c'est Marie…

Pourquoi le vieux croûton ne m'a pas prévenu ? Une femme… Ça va en surprendre plus d'un… Encore mon portable qui vibre. Malgré les soubresauts de la voiture, j'arrive à lire un nouveau message : « Sancta Sulpicius Ecclesia abhorret sanguinem – Jacob »

Et merde…encore ce charabia ! Ça commence à bien fai… Sancta Sulpicius…Saint-Sulpice…bon sang ! Qu'est-ce que ça veut dire ?

- Marie, c'est une urgence. Conduisez-moi à l'église Saint-Sulpice !
- Que se passe-t-il ? Vous êtes tout pâle…

Je lui montre mon portable. Elle le prend et pianote tout en conduisant… En moins de dix secondes elle a trouvé un site traducteur latin-français sur internet et sans presque quitter la route des yeux. « L'église Saint-Sulpice a horreur du sang - Jacob ». Sirènes hurlantes elle fait demi-tour, direction le boulevard Saint-Germain.

- Ange, dites m'en plus sur ce message…

Je lui raconte toute l'histoire… Rue du Four, on remonte la rue Bonaparte à contre-sens sirènes hurlantes et nous voilà devant l'église. Il y a déjà un attroupement devant la porte. Les flics du quartier sont déjà là… Je redoute le pire. J'ai envie de vomir.

- Poussez-vous ! Laissez-moi passer !...

*

43 minutes… Comment faire ? Je n'y vois presque rien, je suis immobilisé et personne ne peut plus rien pour moi. Ça va être un carnage. Comme à Béziers en 1209. J'aurais pu empêcher ça. Je serai pulvérisé, ça vaut mieux, je ne pourrais pas vivre après un tel échec. Et Marie… où est-elle ? Que lui ont-ils fait ? 42 minutes…

*

- Ange ! Ange ! Commissaire ! Vous m'entendez ?

Je reprends mes esprits. Marie me parle, mais j'entends rien... Zonzon... Il est là, étendu dans la chapelle des Anges... sur le ventre... Marie appelle le 36... La balle a traversé sa tête de part en part. Elle est entrée par la nuque et ressortie par le front. Du petit calibre, une arme de poing sûrement du 22 long rifle. Par-derrière... Lâche ! Attends que je t'aie en ligne de mire ! Tu n'entendras pas la détonation, toi non plus, mais tu auras le temps de me voir... en face.

Il y a quelque chose qui cloche... Je n'arrive pas à savoir ce que c'est, mais je sens comme une présence. Mon instinct de flic reprend le dessus... comme un sixième sens. Un frisson me parcourt le dos... Tout mon corps se met à bouillir, mes sens semblent se décupler... C'est une sensation qui m'est familière, presque agréable. Il faut que je prenne du recul, que je voie la scène dans son ensemble. Je passe sous le ruban... Je me fonds à la foule, je les entends parler. Beaucoup de touristes, des Français, des Anglais, des Allemands, des Chinois... Je suis au milieu d'eux. Je vois Marie qui s'affaire avec la police scientifique. Les bleus commencent à relever toutes les identités, à prendre les témoignages... Je sais qu'il est là... mais je ne le vois pas encore. Nombreux sont les assassins qui restent ou qui reviennent sur leur scène de crime. De là où je suis je peux voir la chapelle dans son ensemble. À par le corps de Zonzon elle est quasiment vide. Deux chaises en bois contre le mur, un vitrail central et les deux peintures murales de Delacroix qui ornent les deux murs en face à face représentant des Anges guerriers. Ces peintures sont célèbres : « Heliodore chassé du temple » et « La lutte de Jacob avec l'Ange »... Jacob ! Jacob représenté au corps-à-corps avec un Ange !... Pourquoi je ne l'ai pas vu plus tôt ? Il est là devant moi depuis le début...

- La Genèse Chapitre XXXII verset 24 : Jacob demeura seul. Alors l'Ange lutta avec lui jusqu'au lever de l'aurore...

Marie était derrière moi. Elle regardait la fresque en récitant ce verset de la Bible. Elle ajouta :

- Je connais bien cette peinture, mon père m'emmenait souvent la voir quand j'étais petite. J'étais fascinée par le fait qu'un homme puisse se battre contre un Ange. Pour moi un Ange est synonyme de douceur et de bienveillance. Regarde son visage comme il a l'air calme. Comment peut-on s'en prendre à un tel être ?

- On s'en est bien pris à un curé aujourd'hui… Qui était ce Jacob ? lui demandais-je.

- Jacob était un imposteur qui a spolié toute sa famille et il a essayé de se racheter pour se faire pardonner par son frère. Le combat avec l'Ange est très mystérieux, mais il semblerait symboliser le fait que Jacob a affronté ses peurs afin d'expier tous ses péchés. Commissaire ce Jacob vous connaît… Et Ange… l'Ange c'est vous !

Marie a raison. Je ne crois pas aux coïncidences, Zonzon tué devant cette peinture montrant un Ange aux prises avec Jacob. Qui est ce Jacob ? Pourquoi avoir tué Zonzon ? Est-ce que Zonzon était en mesure de l'identifier ? Et puis ce premier message, « Tuez-les tous… », ça annonce une action d'ampleur. Est-ce parce que je suis venu le consulter que Jacob a tué Zonzon ? Dommage collatéral ? Connaît-il mes faits et gestes ? M'a-t-il suivi jusqu'ici hier ? Où avait-il déjà tout prévu ?

- Ange, qui vous en voudrait à ce point ? me lança Marie.

- Des centaines de mecs que j'ai envoyés au gnouf…

- Non, ici ce n'est pas un malfrat ordinaire. Essayez de vous rappeler ! Ce mec est sournois, lâche et manipulateur et surtout il est libre…

- Super ! On a restreint la liste à seulement quelques dizaines…et il a mon numéro… Au fait, on doit pouvoir remonter jusqu'à lui en pistant ses messages…

- Peine perdue, il envoie ces SMS à travers un serveur avec une adresse IP cachée.

*

36 minutes… mon crâne me lance. Je me souviens maintenant… Il était là, je ne l'ai pas reconnu tout de suite, ça faisait

si longtemps… peu importe… Il savait qu'à la lecture du premier message j'irai voir Zonzon. Seulement je n'ai pas vu le tableau. Il voulait que je le voie. Il voulait que je comprenne qu'il allait lutter contre moi et que ce combat était personnel. Il était là dans l'église… Alors il a tué Zonzon devant le tableau… J'entends quelque chose… Qu'est-ce… ? Oh non pas ça ! Pas aujourd'hui !... 35 minutes.

*

Toute l'équipe est réunie au 36. Il n'y a plus un instant à perdre. Pradel et Cardello sont sur la balistique et les indices recueillis dans l'église, le commandant Kleber fait des recherches sur Jacob et moi je me fais remonter les bretelles par le vieux…

- Beaufils, je ne veux pas d'un nouvel Anders Behring Breivik en plein Paris ! Alors, vous allez remuer tous vos contacts, vos indics et même les morts. Si ce mec prépare un attentat ça doit se voir, alors ramenez-moi ce salopard !

Il va frapper, ici à Paris, mais je ne sais ni quand ni où. Je sais juste que c'est pour bientôt. Si je voulais tuer un maximum de monde en plein été… quelle serait ma cible ? Quel est l'endroit le plus fréquenté de Paris par les touris... Je la vois... Plein Ouest, je ne vois qu'elle de mon bureau… Plus de 30,000 visiteurs par jour pendant l'été. Aux heures de pointe, il y a au moins 5000 personnes dessus sans compter les files d'attente…

Sur le parvis la foule est immense. Pradel est déjà en train de discuter avec les services de sécurité. Cardello raccroche son téléphone et vient me voir. Il a l'air maussade.

- Commissaire, ça sent pas bon ! J'ai appelé mes copains de la DGSE et apparemment ils courent après un stock de C4 qui a été volé la semaine dernière.
- Beaucoup ?
- Assez pour faire un second AZF. Ils soupçonnent des réseaux islamistes.

Pradel revient en trottinant.

- Bon, la sécu est formelle. Personne ne peut monter dans la Tour-Eiffel avec ne serait-ce qu'un couteau suisse dans la poche. Il y a des vigiles et des portiques partout.

Tout en continuant à pianoter sur son mobile, Marie ajoute :

- Et cet édifice ne comporte aucun sous-sol. Aucun endroit suffisamment grand et bien placé pour y installer les explosifs. Toutes les fondations sont en pierres et béton.

C'est vrai, comment pourrait-il faire exploser la Tour sans s'attaquer aux fondations ? Reste qu'il pourrait attaquer à l'arme automatique… mais alors cette disparition d'explosifs ne serait qu'une coïncidence ? Et je ne crois pas aux coïncidences. Marie a déjà réclamé l'assistance des ingénieurs du site. Quatre types en uniforme de la SETE (Société d'Exploitation de la Tour-Eiffel) viennent nous rejoindre. Ils nous expliquent que la Tour-Eiffel est sûrement le bâtiment le plus difficile à détruire à Paris. Sa forme pyramidale fait en sorte que même si on dynamitait les quatre pieds, elle ne tomberait pas. De plus elle est très légère, seulement 10,000 tonnes, ce qui représente à peine le poids d'un immeuble de cinq étages. Du coup sa superstructure en treillis métallique souple en fait un des monuments les plus solides au monde.

- Ce serait une folie que de vouloir la faire sauter. Vous raseriez tout Paris avant même de l'égratigner… Me dit un des ingénieurs.
- Bon et quel serait le moyen le plus rapide de la faire disparaître ?
- La démonter, pièce par pièce…

Ce n'est pas la bonne cible. Je fais erreur…

- Commissaire ! Il y a peut-être une faille…
- Oui commandant laquelle ?
- Les stations de Métro. Elles peuvent être un bon moyen de stockage des explosifs.
- Oui, mais encore faut-il qu'elles soient sous la Tour-Eiffel ou du moins pas trop loin…

- Alors écoutez ça : Il y a seulement deux stations de Métro et une station de RER qui alimentent la Tour-Eiffel : Ligne 6 station Bir-Hakeim, ligne 9 station Trocadéro et ligne C station Champ de Mars-Tour-Eiffel…

- Oui, mais la ligne 6 est aérienne, la ligne 9 est de l'autre côté de la Seine et la station de la ligne C est bien trop loin…au moins un kilomètre…

- Exact ! Mais il y en a une autre…

Que me raconte-t-elle ? J'habite à Paris depuis plus de 40 ans. Je connais ce quartier comme ma poche. Toutes les autres stations de métro ou de RER sont bien plus éloignées que ces trois-là…

- Regardez… dit-elle en me montrant son smart-phone. En 1939 la société d'exploitation du Métro a fermé une station de la ligne 8, car elle n'était pas rentable. Elle s'appelait "Champ-de-Mars" et se trouve tout près du pilier Est de la Tour…

- Vous croyez qu'elle est toujours là ?

- Oui c'est ce qu'on appelle une station fantôme maintenant. Il y en a plus d'une dizaine dans Paris. Celle-ci est là quelque part en dessous et elle est suffisamment grande pour accueillir plusieurs tonnes d'explosifs.

Sur le plan du métro actuel, cette station n'apparaît plus, mais effectivement je l'aperçois sur ce plan datant des années 50 que Marie a téléchargé sur son mobile. Entre La Motte Picquet et École Militaire, à peu près à mi-chemin, elle est effectivement notifiée. Mon téléphone se met à vibrer : « Une grande et vieille dame va s'effondrer. On va tous les deux retourner à l'origine, au point zéro - Jacob ». C'est bien ça ! C'est la Tour-Eiffel… On a de l'avance et on a peut-être trouvé l'endroit où il a caché les explosifs. Il ne va pas s'attendre à nous voir débarquer si vite. Mais que veut-il dire par retourner à l'origine ?

- Patron, il faut faire évacuer ! On n'a peut-être pas beaucoup de temps.

- Pradel, Cardello vous vous occupez de l'évacuation de la Tour et du Champ-de-Mars ! Commandant Kleber vous appelez le déminage, qu'ils nous rejoignent à cette station fantôme ! Où peut-elle bien être d'ailleurs ?

- Je crois que je le sais ! Un des ingénieurs m'indique déjà une direction avec son bras… À une centaine de mètres au sud-est, y a une grande grille qui bouche une entrée. On peut encore voir les escaliers qui descendent à la station. Je vais chercher des outils et je vous rejoins.

C'est une grille d'une dizaine de mètres carrés qui recouvre entièrement l'ancienne entrée. Là où les escaliers effleurent le sol, une partie amovible a été installée. Elle est verrouillée par un cadenas, et ce cadenas est neuf… Visiblement quelqu'un est venu ici il y a très peu de temps… L'ingénieur arrive en courant avec une énorme pince coupante. L'acier trempé de l'anse du cadenas ne résiste pas plus d'un dixième de seconde à la pince démultipliée.

Nous rentrons Marie et moi. Mes yeux commencent à s'habituer à l'obscurité et j'aperçois en bas de l'escalier la lueur blafarde du quai abandonné. Dire que depuis 75 ans plus un seul voyageur n'est monté ou descendu par cet escalier. J'entends un métro qui approche. Il passe sur le quai à pleine vitesse dans un grincement caractéristique. Un panneau en émail bleu accroché sur les carrelages blancs indique « Sortie : Tour Eiffel ». Nous arrivons en bas de l'escalier. Les quatre rails brillent dans la tranchée. Les deux plates-formes en vis-à-vis sont désertes. Pas d'explosif en vue. Je ne suis pas étonné, car la station est loin de la Tour-Eiffel, peut-être une centaine de mètres. Je crois que j'ai vu quelque chose… Une porte coulissante en fer est entrouverte sur le quai. Par l'ouverture je peux voir des lumières. C'est un long couloir éclairé par des néons. Le couloir est perpendiculaire à la station de métro et part vers le nord-ouest… en direction de la Tour ! Marie sort son téléphone.

- Merde ! Pas de réseau… Forcement, nous sommes sous terre et dans une station abandonnée. Les stations actives ainsi que les rames sont équipées d'antennes relais pour le téléphone. Mais cette station fantôme n'en a pas, évidemment.

- Marie, vous restez là. Je vais voir ce qu'il y a au bout de ce couloir. S'il va jusque sous la Tour, je serai de retour dans 5 minutes.

Je passe dans l'entrebâillement de la porte et j'avance sans bruit. J'entends derrière moi le bruit familier d'une arme qu'on sort de son étui. C'est Marie qui reste sur ses gardes. Elle couvre mes arrières. À cinquante mètres devant moi je vois que le tunnel s'élargit et semble déboucher dans un espace plus grand. Mais qui a bien pu concevoir et creuser ce tunnel. Je trouverai peut-être la réponse au bout. Je débouche dans une pièce ronde qui doit faire à peu près vingt mètres de diamètre. Elle est remplie d'un fatras de tuyaux métalliques. J'aperçois aussi de vieux moteurs électriques encore reliés à des pompes, des vérins hydrauliques posés contre la paroi. Au milieu de la pièce, sous l'éclairage principal, une table en fer et une chaise. La table est jonchée de plans de la ville et de petits appareils électriques. Cet endroit ressemble plus à un garage qu'à un laboratoire, mais on dirait que quelqu'un vient ici régulièrement... Pas d'explosif en vue. Il faut que je rejoigne Marie, que l'on parte d'ici, on perd notre temps... Un, deux, trois claquements caractéristiques du 9mm de Marie résonnent dans le long couloir. J'entends même le tintement des trois étuis vides sur le sol juste après... Bon Dieu !... Vite !... J'aurais pas dû la laisser seule...

- Alors commissaire ! Est-ce que mes petits messages t'ont plu?

Il n'avait pas fini de prononcer le premier mot que j'avais déjà fait volte-face et braqué mon 957 vers son visage. Dix ans d'antigang avaient transformé la plupart de mes gestes en réflexes. Mon cerveau était capable d'analyser ce genre de situation en une fraction de seconde et de guider mon bras dans la direction du danger sans que je n'aie le temps d'en prendre conscience. Il était à peine à dix mètres de moi et dans la ligne de mire je reconnaissais l'ingénieur qui nous avait ouvert la grille. Derrière lui je discernais une porte entrouverte. Une rafale de pistolet automatique suivie des mêmes claquements distinctifs, mais plus nombreux cette fois, me fit frissonner. Marie était en galère...

- Bordel, t'es qui ? C'est toi Jacob ? lui dis-je machinalement.
- Alors, Beaufils ! Tu ne me reconnais pas ?
- Mais si je te reconnais enflure ! Tu es le connard qui nous a ouvert la grille...

- Oui… mais remonte un peu plus dans tes souvenirs…

- Tu sais des glands comme toi j'en ai tellement dessoudé ou envoyé au mitard, que s'il fallait que je me rappelle des vitrines de chacun …

- Eh bien tu vois moi je me rappelle bien de toi… Opération « bouclier du désert » …

C'est pas possible !… Arben Bocaj… et Bocaj c'est l'anagramme de Jacob… Pourquoi je ne l'ai pas reconnu avant… Il était devant moi au pied de la Tour-Eiffel. Ça remonte à la première guerre du Golfe en 1990. En mission chez Interpol à ce moment-là, j'ai été envoyé en Arabie Saoudite pour infiltrer le 6ème Régiment Étranger du Génie. Des mines, des grenades et du Semtex disparaissaient tous les jours. Il m'a fallu plus de deux mois pour démanteler le réseau qui revendait les explosifs à la Saoudi, notre allié et pour coincer l'ordure qui avait mis ça au point : un officier du Génie le capitaine Arben Bocaj. Du coup on a dû faire profil bas sur cette affaire qui impliquait aussi des Saoudiens de haut niveau.

- Alors Bocaj, tout ce cirque c'est juste une histoire personnelle ? T'as pas avalé la pilule… c'est ça ? C'est la cour martiale que t'as pas appréciée, ou c'est le fait que tu te sois fait avoir comme un gros bleu ? À moins que ce soit à cause du pognon… plus de deux millions en dollars américains qu'on a retrouvés planqués dans un blindé… hahaha… et le plus drôle c'est que comme ce délit n'a officiellement jamais existé on a pas pu réintroduire ce fric dans les comptes de l'armée… alors on en a fait don aux bonnes œuvres… donation anonyme… merci Arben ! … tu es un bienfaiteur…

- Bien résumé Beaufils, mais non ce n'est pas personnel… ou plutôt pas tout à fait parce que quand j'ai su que tu étais par là je me suis dit que ce serait dommage de ne pas te faire profiter du feu d'artifice… il faut savoir allier travail et plaisir… d'où mes petits messages pour que tu te jettes dans la gueule du loup… ce que tu as fait sans hésiter.

- Oui ! Et maintenant je ne vais pas hésiter à broyer tes articulations pour que tu me dises où tu as mis les explosifs.

J'entends toujours des coups de feu qui proviennent de la station abandonnée. Si je pars au secours de Marie je perds Jacob et en plus il y a des chances que je me fasse tirer comme un lapin au milieu de ce couloir sans aucun abri…

- Je serais toi je baisserais mon arme Beaufils !
- Et pourquoi donc enfoiré ?
- Parce que mes hommes tiennent le commandant Kleber et…

Je ne lui laisse pas le temps de finir sa phrase.

- J'en ai rien à foutre connard ! Dis-moi où sont les explosifs…

D'abord ils ne tiennent pas encore Marie et puis les renforts vont sûrement arriver…

- Les explosifs sont reliés à une minuterie. Le compte à rebours a déjà commencé. Dans 2h30 ce sera le feu d'artifice. Tue-moi et tu ne sauras jamais…
- La première balle va traverser ta rotule gauche. Je te préviens ça fait mal. De là où je suis, je peux loger quatre balles dans tes quatre articulations principales en moins de deux secondes. Tes articulations seront broyées avant même que tu touches terre.
- Vas-y, de toute façon j'ai déjà gagné, la bombe est amorcée et moi je suis déjà mort…

Soit il bluffe et il est très fort, soit il est inconscient, désespéré ou pire encore… fou à lier… Il faut que je sache où est cette bombe. A priori ce n'est pas la Tour-Eiffel qui est visée… Et puis c'est lui-même qui me l'a dit là-haut : « Ce serait une folie que de vouloir la faire sauter. Vous raseriez tout Paris avant même de l'égratigner… »

- Pourquoi tu m'as fait venir ici ? Et puis c'est quoi cet endroit ?

Mon arme était toujours braquée sur lui. Au moindre mouvement suspect de sa part…

- Nous sommes dans la pièce de commande des machines hydrauliques qui ont servi à ajuster au millimètre la hauteur des quatre archers, les pieds de la tour si tu préfères, lors de la mise en place du premier étage. La pièce est restée là. Elle sert de débarras. J'en ai fait mon bureau pour préparer mon plan. Je travaille à la maintenance de la machinerie des ascenseurs hydrauliques juste derrière ce mur. Et oui la SETE propose des contrats de réinsertion aux anciens prisonniers... Le couloir que tu as emprunté, de l'ancienne station de métro jusqu'ici, a été creusé et utilisé par les Allemands en 1944 afin d'acheminer quatre torpilles de sous-marin destinées à détruire la Tour-Eiffel.

- Et alors ? Tu veux terminer ce que Von Choltitz a refusé de faire ?

- Non, Von Choltitz avait simplement pour mission de détruire des bâtiments. Moi ma mission est de tuer des infidèles.

- Les infidèles ? Mais qui t'a donné cette mission ?

- Dieu évidemment ! Au XIIIème siècle les cathares ont été exterminés par des armées à la solde d'une église vénale et corrompue. Le clergé a alors pu prospérer tranquillement en continuant à trahir la parole de Dieu. Ça va changer...

- Et, c'est une raison pour tuer des innocents ?

- Il n'y a plus d'innocent ! Les derniers ont péri il y a huit siècles sous l'inquisition et les croisades lancées en France par des papes orgiaques. De nos jours les églises sont tous les jours profanées par des touristes, le Vatican est un parc d'attractions et le Pape est un VRP racoleur qui doit maintenir un audimat. Je dois stopper cette déliquescence de la chrétienté.

- Mais ce n'est pas en faisant exploser une bombe que tu régleras le problème.

- Non, mais j'apporte ma pierre à l'édifice. Il faut purifier la religion, il faut revenir à la source. Dieu a trop été galvaudé, utilisé, détourné. Dieu se mérite. Aujourd'hui les soi-disant croyants viennent à l'église pour racheter leurs consciences et laver leurs péchés en se servant de Dieu comme d'un paillasson. Ils vont comprendre que Dieu n'est pas là pour les servir. Ils ne sont pas ses clients ! Ils ne doivent rien exiger de lui ! Les gens se comportent de façon ignoble et puis ils exigent l'absolution ! C'est trop facile.

- Et toi, que fais-tu du premier commandement : « Tu ne tueras point ?»

- Hahaha ! Je l'attendais celle-là... Si tu avais vraiment étudié la Bible, tu saurais que parmi les commandements il y a la loi du

Talion : œil pour œil, dent pour dent, vie pour vie… Je vais juste appliquer cette loi. Je vais venger les cathares…et le Diable reconnaîtra les siens…

Et moi, j'vais pas appliquer la loi non plus, mais c'est pas grave je serai le seul à le savoir…

- Dieu a déjà une fois effacé de la surface de la terre tous les hommes et les animaux en les soumettant à un déluge. Je vais apporter ma pierre à l'édifice en attendant le second déluge.
- Quel second déluge ?
- Celui qui a été lentement mais sûrement programmé par les hommes eux-mêmes. L'Armageddon arrive. La surpopulation, la pollution, la pauvreté grandissante, les religions dévoyées et l'instrumentalisation des peuples par tous ces imans fous vont inéluctablement amener de plus en plus de guerres, d'épidémies et d'instabilités.
- Tu fais chier avec tes théories. Tu te prends pour qui ? Tu l'as foutu où ta bombe !

Une balle dans le genou… et il va même me dire qui a tué Kennedy… Au moment où je vais presser sur la détente je vois la porte bouger derrière lui. Je sais ce qui va se passer. Je suis tout près de la table. Je bondis vers elle et je la renverse pour m'abriter derrière. Elle pèse au moins 50 kg… la première rafale passe au-dessus de ma tête. La deuxième s'écrase dans le plateau de la table, à hauteur de mon visage, dans un tintamarre de percussions métalliques. Je vois le plateau de la table se déformer à chaque impact. J'ai reconnu le bruit caractéristique d'un PM 49. Il est capable de tirer son chargeur de 32 balles de 9mm en moins de 4 secondes. Cette table date de la construction de la Tour-Eiffel. À l'époque on ne badinait pas avec l'épaisseur du métal. Et puis les munitions 9mm sont puissantes, mais pas perforantes. Trop épaisses, trop grosses, elles se liquéfient au contact du métal. Mon calibre 7,65 est beaucoup plus compact et perforant… J'envoie en moins de 3 secondes un chargeur entier dans la porte. 8 balles, 8 trous…un homme à terre. Apparemment ici les portes sont moins solides que les tables… Où est passé Jacob ? Derrière moi… Trop tard ! Trou noir…

*

20 minutes... Il faut que je trouve un moyen... Ma tête me fait toujours mal et elle résonne encore, mais ce que je croyais être un sifflement interne à ma boîte crânienne est maintenant devenu très clair. Les acouphènes ont petit à petit laissé place à une mélodie : des orgues... de grandes orgues... suite numéro 3 de Bach... Jouée sur les grandes orgues de la cathédrale Notre-Dame... On est le 15 août c'est l'Assomption... Il y a au moins dix mille personnes dans la cathédrale sans compter les gens sur le parvis... Je suis au sous-sol... Si un tel monument s'écroule, les gens seront ensevelis sous des milliers de tonnes de blocs de pierre. Aucune chance de s'en sortir... Ce salaud a bien choisi l'endroit et le moment. Il va faire carton plein. Pire que le 11 septembre. 19 minutes...

*

C'est son troisième et dernier chargeur. Marie n'avait jamais vu son Glock chauffer comme ça auparavant. Pourvu qu'il ne s'enraye pas... pas maintenant, pense-t-elle ! Ange est en difficulté. Que lui est-il arrivé ? Les tirs qui venaient de l'autre bout du couloir se sont arrêtés... Pourquoi les renforts ne sont pas arrivés ? Toujours coincée dans l'encadrement de la porte coulissante, elle ne pourra pas tenir très longtemps. Ils approchent. Impensable de partir dans le couloir pour rejoindre Ange, elle n'aura pas fait vingt mètres avant de se faire tirer dans le dos. Et puis qu'est-ce qui l'attend là bas ? Elle entend le bruit caractéristique d'un métro qui arrive sur sa gauche. La rame est du bon côté, sur le rail le plus proche... Ça peut marcher... Marie range son Glock dans son holster, recule d'un pas dans le couloir et se propulse en avant en prenant appui avec ses bras sur les deux côtés de l'ouverture. Quatre pas lui suffisent pour être au bord du quai et elle saute dans les airs devant le métro. La réception dans la tranchée va être rude... Elle ne voit même pas le fond. Il faut atterrir sur ses jambes sinon... Ses deux pieds touchent le sol en même temps. Comme une athlète de saut en longueur, elle s'écroule sur ses jambes sous le poids de son corps alourdi par la vitesse de la chute. Elle n'a plus aucune idée de ce qu'il se passe et n'arrive pas à savoir dans quel sens elle est. Tout ce qu'elle ressent c'est un premier choc sur le côté puis un grand coup dans le dos et la tête. C'est fini. Vite se relever... Elle a l'impression d'être passée dans un broyeur. Elle a d'abord heurté un des rails puis elle a fini sa course dans le mur. À peine dix secondes pour évaluer la situation. La rame ne la protégera plus d'ici là. Elle se relève et discerne trois personnes sur l'autre quai. Elle les voit à travers la vibration des vitres des wagons. Heureusement ils ne sont pas trop éloignés les uns des autres, car elle n'aura qu'une chance et qu'un chargeur. L'entrée du tunnel est trop loin pour l'atteindre en restant couvert par le métro. Marie ne peut pas lever son bras droit. Son épaule a été traversée par une balle pendant l'envol. C'était ça le premier choc sur le côté... Plus qu'une solution. Se mettre dans la position d'un duelliste, de profil, bras gauche tendu en visée, le bras droit le long du corps, les jambes écartées. On offre ainsi le moins de surface possible à ses adversaires. C'est là qu'on apprécie d'être mince. À travers les fenêtres des wagons, elle tient déjà en joue le type qui sera le premier à découvert lorsque le métro sera passé. Impossible de tirer à travers la rame, car la balle risquerait d'être arrêtée soit par le train, soit par un passager. Une fois à découvert Marie n'aura que très peu de temps. Il va falloir tirer juste... 3 secondes, 2, 1... à peine tirée la première balle elle vise déjà le deuxième type. En vision périphérique elle voit le premier s'effondrer. Elle a fait mouche... il ne se relèvera pas. Elle reste calme et prend le temps d'ajuster son tir sur le deuxième. Il braque son arme sur elle et fait feu à plusieurs reprises. Pas évident a 15 mètres dans le noir, de tirer en contrebas... lui aussi il s'écroule, une balle en pleine poitrine. Le troisième lui tire déjà dessus. Pas le temps de le viser, Marie vide la moitié de son chargeur dans sa direction en se précipitant contre le mur de son côté du quai. Assise dos au mur, ses jambes ramenées contre elle, les genoux sous le menton, le sang coule le long de son bras droit. La douleur est vive, comme une brûlure. Elle tremble... Il est là au-dessus. Il sait qu'elle est là dans l'ombre au-dessous... S'il s'approche et se penche pour la chercher, il est mort. Il change le chargeur de son pistolet mitrailleur... Elle a compris ce qu'il va faire... Il va juste passer son bras par-dessus le quai et mitrailler au hasard... Il sait à peu près où elle est, elle n'a aucune chance de s'en tirer... Impossible d'atteindre son bras avec une balle. Sa seule chance... se lever, tirer la première avant qu'il n'avance… vite. Heureusement qu'elle est grande, son bras gauche arrive à passer au-dessus du quai. Il fonce vers elle. La première balle lui traverse un genou, il tombe en avant en tirant une rafale qui ricoche sur le sol juste devant Marie. Elle reçoit des éclats dans le cou, le bras et le front… Elle a juste le temps de tirer une deuxième balle sur lui avant de s'effondrer en arrière sur les rails… L'homme tombe dans la fosse. Marie n'arrive pas à se relever. Du sang coule dans ses yeux, elle ne voit rien. Une nouvelle rame arrive… c'est tout noir… Elle a froid…

*

15 minutes… La chaîne des menottes qui enserrent mes poignés a été passée entre les barreaux du dossier de la chaise. Pareil pour mes chevilles, la chaîne entoure un des barreaux entre les deux pieds avant. La chaise est en métal, pas moyen de la casser. Le système de verrouillage des menottes est vraiment basique. Le serrage de chaque menotte autour du poignet se fait grâce à la crémaillère de la partie amovible qui glisse face à un cliquet en dents de scie. Le ressort, qui tient le cliquet en pression et empêche la crémaillère de se dégager, peut-être repoussé grâce à la clef. Un trombone ou une épingle à cheveux suffirait… Lorsqu'on vous emprisonne, on vous fait les poches, mais personne ne pense à vous enlever votre alliance… J'ai divorcé il y a plus de vingt ans et on ne m'a jamais demandé pourquoi je gardais toujours mon alliance en or blanc. En fait, c'est pas une alliance et puis elle est pas en or blanc non plus. C'est une petite lamelle en métal inoxydable de trois centimètres de long, légèrement incurvée et qui a la propriété de s'enrouler sur elle-même, comme un ressort, en la tordant. L'avantage lorsqu'on est seul c'est qu'on a du temps libre. Alors on s'occupe… Si je ne suis pas au stand de tir, je suis chez moi. Il y en a qui font des réussites ou qui regardent la télévision… Moi, je suis capable de démonter et remonter mon Beretta les yeux fermés et quasiment plus aucun système de verrou ne peut me résister. Surtout ne pas faire tomber la lamelle… Je prends garde, car mes mains sont ankylosées… Je glisse la lamelle entre la crémaillère et le cliquet en dents de scie. Les dents n'ont plus de prise sur la crémaillère et je n'ai plus qu'à tirer pour faire glisser la partie mobile… Et voilà ! Je dégage l'autre menotte de la même façon puis

mes chevilles. 12 minutes… La porte vite. Il faut que je sorte d'ici que je prévienne tous ces gens… Merde, elle est en métal et le cadenas de l'autre côté, évidemment… De toute façon c'est trop tard… pas moyen de vider la cathédrale en si peu de temps. Bizarre, je n'entends plus rien, les orgues se sont tues. Si, j'entends quelque chose… des pas…

- Ange vous êtes là !

Marie…elle est vivante…

- Marie…il faut vider la cathédrale, les explosifs sont ici, il ne reste…
- C'est fait ! On est même en train d'évacuer toute l'ile de la Cité. On va vous sortir de là.
- Non c'est trop tard, ne restez pas là ! Vous n'aurez pas le temps…
- Les gars du Génie sont avec moi. Pendant qu'on ouvre cette fichue porte, ils vont vous guider pour désamorcer la bombe.
- Commissaire, je suis le capitaine Gilles, je suis démineur. Je vais vous guider. Ne touchez surtout pas au système de mise à feu. Il s'agit sûrement d'une minuterie…
- Capitaine, allez droit au but il ne reste que 10 minutes…
- Bien… combien y-a-t-il de câbles qui partent du système de mise à feu ?
- C'est une véritable pieuvre… au moins 30…
- Très bien… Vous allez suivre chacun de ces câbles jusqu'au pain de C4 auquel il est destiné et vous allez délicatement tirer le détonateur…

Bordel… j'ai à peine 20 secondes par câble… J'y vois rien, mais en suivant le câble avec mes doigts j'arrive au pain de C4. Je retire le détonateur… doucement… Voilà ! Et d'un ! Mais j'ai bien mis une minute… Je ne vais pas finir à temps…

- Ça va commissaire ? Vous y arrivez ?
- Nickel !… Écoutez ! Je vais y arriver. Mais maintenant, barrez-vous ! Que ce qu'il se passera si j'en oublie un… hein ? On y voit foutrement rien là-dedans…

Et de trois... Tiens ! Ils ne parlent plus... J'ai fait mouche là.

- Ange, j'ai fait partir tout le monde sauf le capitaine qui doit rester pour vous guider.
- OK, mais promettez-moi que lorsque le compte rebours sera à 3 minutes vous partirez de là. Quoiqu'il se passe. OK ?
- Ok Ange...

Mon cul oui ! Je sais qu'elle me ment... Je pense que le capitaine aura le sang froid qu'il faut pour déguerpir en l'amenant avec lui... Et de quat...

- Alors Beaufils tu es prêt à mourir avec moi ?

Putain... Il était là depuis le début... Je n'ai pas senti sa présence... Ce mec est un fantôme... Je ne me retourne pas. Je continue machinalement à suivre un cinquième câble.

- Viens t'asseoir près de moi commissaire. Nous allons mourir dignement...
- Je suis un peu occupé là !... Alors va te faire foutr...

Je reconnais le léger claquement métallique d'un chien que l'on vient d'armer. De toute façon je n'ai pas le choix. Soit je lui obéis et on meurt dans l'explosion, soit je ne lui obéis pas et je meurs une balle dans la tête avant l'explosion... Quelle différence ? Et au moins je ne lui donnerai pas ce plaisir d'écouter ses conneries... Et de cinq. 6 minutes...

- Ça ne sert à rien. Tu n'y arriveras pas... mais continue... ça m'amuse de te voir t'escrimer. Tu as à peine désamorcé 5 détonateurs en 6 minutes. Comment vas-tu en désamorcer plus de 25 en un temps identique ? À part qu'il te pousse des bras... Tu ferais mieux de passer tes 6 dernières minutes à préparer ton âme à Dieu.
- Mais qu'est-ce que tu crois ? Y a pas de Dieu. C'est un conte pour enfants. Tu crois que tu vas rencontrer un vieillard à barbe blanche qui te dira : C'est bien petit con, tu as démoli une de mes cathédrales et tu as tué ce gros naze de Beaufils. Bravo !

31

Et de six…il faut que je continue à lui parler…

- Commissaire, si tu blasphèmes je vais être obligé de te tirer dessus…

- Et bien vas-y qu'est-ce que tu attends ? Je suis prêt ! Lui dis-je en me retournant.

De toute façon c'est foutu… Je n'y arriverai pas. Pourvu que Marie se tire de là… Il est là devant moi à quelques mètres assis sur ma chaise. Je le discerne comme en plein jour dans la lueur bleue des LED du minuteur. Il a mon Beretta en main.

- 5 minutes commissaire…

Que faire ? Lui sauter dessus ? Le tuer ? À quoi bon… on va mourir tous les deux. En plus, je vais prendre une balle ou deux dans les 5 mètres qui nous séparent. Je n'ai pas envie d'avoir mal, mais j'ai envie de l'étrangler… Si j'arrive à accélérer suffisamment sur les deux premiers mètres sans histoire, il n'arrivera pas à me faire dévier de ma trajectoire. Même avec deux balles dans le buffet il y a des chances que je puisse lui faire exploser sa tête sur le sol. Mes 95 kg devraient suffire. Il y a des moments où votre cerveau n'est plus capable de réfléchir. On m'a expliqué que la perception du danger ou la colère faisait diminuer l'afflux sanguin de notre cerveau pour augmenter celui de nos muscles. Seul notre cerveau reptilien reste alors branché. Nos « bas » instincts reprennent alors le dessus. On est alors en mode zombie… Mais ma stratégie est bien huilée… Ma main gauche attrapera le Beretta par le canon, ma main droite se plaquera sur son front… Mon genou droit sur sa poitrine… Sa tête explosera par terre comme une pastèque… On crèvera tous les deux… Mais il dégustera avant moi… J'aurais au moins le plaisir de sentir son crâne se fracasser, son cerveau malade se répandre sur le sol… J'ai à peine amorcé le premier pas que j'entends déjà une détonation. Putain il est rapide… Je suis sur lui en même pas une seconde. J'ai pas mal… l'adrénaline ça marche bien… La balle a dû me traverser sans toucher d'os… Le 7,65 c'est moins efficace que le 9mm finalement… Je le tiens. Il bascule en arrière. Je bascule avec lui. Qu'est-ce qu'il va prendre…

- Ange !!!…

Comme prévu, je lui écrase le visage avec ma main pour que sa nuque percute le sol le plus violemment possible. Le sol est fait de pavés en pierre. Il va déguster. Sa tête fait un bruit sourd à l'impact. La mienne heurte aussi le sol. J'ai l'impression qu'un semi-remorque me roule dessus. Mon corps n'est plus aussi solide qu'avant… Vite me relever… ne pas lui laisser le temps…

- Ange !!! Arrêtez… Il a son compte…

C'est vrai ça… Il ne bouge plus… Mais… Je sens une main sur mon épaule… C'est Marie… Elle a le visage couvert de sang et un bras dans une écharpe de fortune. Je vois les points rouges des snippers et les lampes électriques qui balayent la pièce… Le coup de feu c'était eux… Sa tête a été traversée de part en part… Au moins 15 personnes sont entrées… Les démineurs sont déjà en train de couper tous les câbles des détonateurs… Je suis sur le dos, j'ai du sang plein les mains, je tremble comme un marteau-piqueur…

- Marie, comment m'avez-vous retrouvé ?
- Vous vous rappelez le dernier message de Jacob ? « On va tous les deux retourner à l'origine, au point zéro ». Et bien on y est !
- Que voulez-vous dire ?
- Le point zéro, c'est le point d'origine de toutes les routes de France. C'est le point de référence des cartes routières si vous préférez…
- Et alors…
- Eh bien, nous y sommes… Ce point zéro est indiqué par une stèle devant le parvis de Notre-Dame. La crypte où nous nous trouvons maintenant est juste sous cette stèle, quasiment à l'aplomb de la façade de la cathédrale.
- On va prendre l'air ? J'en peux plus de cette cave…

Nous nous retrouvons sur le parvis de la cathédrale. C'est la première fois que je le vois désert. On dirait qu'il y a eu une apocalypse.

- Mais Marie j'ai entendu des coups de feu dans le métro, vous êtes blessée. Comment vous en êtes-vous sortie ?

- Je vous raconterai, je ne sais plus trop. J'ai eu de la chance je crois. Pradel m'a retrouvée entre les deux voies. Ils ont aussi trouvé un talkie en marche sur un des types qui m'ont attaquée… C'est comme ça qu'on a su qu'ils allaient faire exploser Notre-Dame. On aurait dû s'en douter… Un 15 août…

- Qui a dit que Paris était calme au mois d'août ?

- Sûrement un de ces flics à la retraite.

Renégats Gaulois

Denis Fouquet

Ali

Le coup de pied reçu dans le tibia l'avait fait chuter. Il s'attendait à ce que ces semelles si dures viennent lui casser les côtes ou pire, lui endommager le crâne. Mais bizarrement, ses quatre agresseurs s'étaient enfuis. Avant ce jeu de massacre, ils l'avaient pourtant pourchassé pendant de longues minutes. Il avait vu des hommes arborant fièrement moustaches et blousons en peau de bête.

« Les Gaulois ». Ça n'évoquait rien pour lui.

Après des mois d'errance et de débrouille, Ali était arrivé à Paris deux semaines plus tôt. Sa faculté d'adaptation avait fait de lui un des leaders des jeunes irakiens. Il avait déjà appris près de cinq cents mots. Avec ses amis d'un jour ou d'une heure, il comparait souvent la France à une pièce de monnaie. Côté pile, un nombre. Le côté comptable, brutal. Certains Français associaient les migrants à des chiffres. Trop nombreux, trop coûteux. Heureusement il y avait le côté face de la pièce. Il y voyait les espoirs européens, les dessins de semeuse ou autres croquis de Léonard de Vinci. La lumière venait de ces associations risquant des mois de prison pour sauver des vies, de ces jeunes ayant trouvé une nouvelle cause. Bref, ces gens qui honoraient le mot Fraternité.

Hélas, on ne savait jamais de quel côté la pièce pouvait tomber.

Les chiffres avaient aussi été le langage des passeurs l'ayant racketté de Bagdad à Athènes, de Bari à Paris.

En se relevant, il se crut arrivé au paradis. Un ange aux yeux verts et cheveux châtains le releva. Le visage de sa mère, ou plutôt le souvenir qu'il lui en restait.

Laure

Madame Richard n'était pas concierge. Cependant, tout ce qui se passait dans l'escalier B ne lui était pas inconnu. Ce jour-là, cette joyeuse septuagénaire avait été surprise de croiser dans l'escalier un homme nu, vêtements dans une main, l'autre cherchant vainement à dissimuler un sexe encore en érection. Elle avait souri tout en se posant des questions. Quelques minutes plus tôt, elle avait entendu des bruits. Elle s'était fait la remarque qu'il y avait bien longtemps que ses voisins du dessus n'avaient pas fait souffrir le matelas. C'était pourtant un joli couple. Puis, entendant les cris, elle avait compris que les choses n'étaient pas celles qu'elle avait imaginées.

C'était en 2015. Cette année-là, après sept ans de vie commune, Laure venait de découvrir l'infidélité et l'homosexualité de son compagnon. Certes, cela faisait déjà plus de six mois qu'il évitait de la toucher. Aussi n'avait-elle pas imaginé cette hypothèse, tant les yeux de Pierre avaient passé des heures à plonger dans ses décolletés, ainsi que sur les fesses des passantes. C'en était trop. Après avoir éjecté l'inconnu, elle avait laissé trente minutes à Pierre pour s'habiller et faire ses valises.

Alors, tout s'était enchaîné. Sa mère était décédée bêtement quelques semaines plus tard, en voulant forcer le passage à un 4x4. Sans autre succès qu'une mort subite. Laure s'était dit que le moment était venu de se poser les bonnes questions. Côté boulot, son métier de professeur d'anglais lui pesait depuis plusieurs années déjà. La salle des profs n'était plus le lieu de dialogue qu'elle avait connu. Plus de discussions sur les derniers livres lus, les derniers films détestés ou même sur les meilleures méthodes pour transmettre le savoir. Il n'était question que d'élèves peu motivés ou de ministère préparant des plans sociaux, sans pour autant utiliser ce vocabulaire dégradant, réservé aux entreprises. D'année en année, tout se délabrait. L'administration n'avait d'yeux que pour les procédures, les logiciels descendant du ministère plein de bugs. Les proviseurs respectant ces objectifs gagneraient quelques euros de plus en fin d'année. Les élèves montraient un niveau sans cesse croissant d'irrespect, encouragés en cela par des parents devenus consommateurs d'éducation, quand ils ne devenaient pas procureurs. De plus, elle avait régulièrement subi les approches plus ou moins fines de pères divorcés. Cherchant l'aventure facile, ils demandaient des entretiens individuels à propos de leur rejeton. Il faut dire que la prof d'anglais était décrite comme une déesse aux yeux verts, à la féminité indiscutable.

Décision prise, elle avait quitté cet univers grâce à un programme d'aide au départ visant à réduire le nombre de fonctionnaires.

Plus de mère, plus de mec, plus de boulot, elle revint à un de ses premiers fantasmes : enquêter. Découvrir la vérité. Enfant, elle avait dévoré les romans d'Agatha Christie ou de Gaston Leroux. Ne voulant pas replonger dans une administration, elle avait opté pour le métier de détective privée. Elle serait la Nestor Burma au féminin.

Six mois plus tard, elle posait sa plaque.

Le démarrage fut difficile. Elle dut attendre quelques semaines pour voir sa première cliente pousser la porte de l'agence. Sans surprise, une femme venait lui demander de suivre son mari suspecté d'infidélité. Après des heures de filature, d'attente, elle ne vit qu'un homme engagé, faisant la tournée des supermarchés pour glaner. Il passait les heures suivantes à redistribuer les fruits de sa collecte. Le tout, deux fois par semaine. Mise au courant des actions de son mari, sa cliente s'était effondrée. Admiration et joie de ne pas avoir été trompée se mélangeaient à la frustration d'avoir été mise au secret.

Émue par cette affaire, Laure s'était juré d'aider ces malheureux au moins un soir par semaine. Son métier de détective lui fit enchaîner fraudes d'employés, infortunes conjugales et sous-traitance pour une police débordée.

Jusqu'à cette nuit, où elle avait mis en fuite ces individus.

Bilel

Dans les bras de cette princesse, Ali retrouva un début de sourire. Malgré l'instant dramatique, Laure remarqua la beauté du visage, le charme de ses fossettes. Sa mâchoire le faisait souffrir, mais il réussit à articuler :

- Mon frère, Bilel. Mon frère, ils ont tapé fort. Si fort. Il est mort ?
- Il était où ? Près de vous ?
- Là.

Suivant la direction indiquée par son bras, Laure fit quelques pas pour essayer de le trouver. Les réverbères lointains éclairaient à peine la scène. Une fois allumé, son téléphone lui permit de distinguer les environs. Dans un premier temps, elle ne vit que du sang sur le sol. Après une exploration plus méthodique, elle découvrit une paire de chaussures. Puis des jambes et tout un corps, en position fœtale. Enfin, elle vit la tête, ou du moins ce qui en restait. Elle s'approcha et, pour la première fois, comprit ce qu'était un assassinat. Ils ne lui avaient laissé aucune chance. Ne pouvant supporter cette réalité, elle revint vers le frère.

- Je dois appeler la police.
- Non, please, pas police. Et mon frère ?
- Mort. Son corps est là, derrière La justice doit être saisie.
- Mort. Non. Pas lui. Bilel…

Sa douleur le rendait inaudible. Son instinct de survie lui fit retrouver ses esprits :

- Si c'est justice, oui. Pas la police.
- En France, en cas de mort on doit prévenir la police. Rapidement, un juge d'instruction sera nommé et la police judiciaire fera son travail. Pas la police de rue.
- Je veux pas, je pars.

Laure était partagée entre son devoir de citoyenne, et sa conscience lui suggérant de sauver cet homme. Son cœur emporta la décision. Elle nettoya les plaies et l'aida à se redresser.

Ce couple, au mâle bancal, se mit à claudiquer pendant quelques centaines de mètres. Plus loin, masquant son numéro, elle se décida à appeler la police. Décrivant rapidement le cadavre et son emplacement, elle raccrocha moins de soixante secondes plus tard.

Il leur fallut près d'une heure pour rejoindre son domicile. La montée des trois étages fut laborieuse. Nul doute que la voisine avait tout entendu. Ali fut lavé, nourri, dorloté. Depuis son enfance, jamais il n'avait connu de telles attentions. Ses vingt premières années avaient oscillé entre peurs et privations. Après avoir englouti une dernière pomme, ses nerfs avaient lâché. Les larmes avaient envahi son visage durant de longues minutes. Réconforté par les bras et la chaleur du corps de Laure, il lui fallu encore du temps pour à récupérer.

- Merci. Maintenant je suis seul. Papa, maman, morts là-bas. Intellectuels. Ici Bilel.

Laure opta pour le silence. Elle l'installa sur le canapé, prenant soin de le couvrir d'une couverture achetée en Argentine, près de la cordillère des Andes.

Renégats Gaulois

Certains réseaux sociaux les glorifiaient. D'autres les vilipendaient. Ils se disaient non racistes, expliquaient simplement vouloir revaloriser les racines gauloises. Les Renégats Gaulois.

Tout avait commencé à l'issue d'une soirée bière entre amis. Cela aurait dû n'être qu'une blague de potaches pour faire revivre l'histoire. Certains rejouaient tous les ans la bataille de Waterloo en costumes. Eux, avaient décidé de remonter plus loin. Jusqu'à nos ancêtres les Gaulois. Début 2000, ils avaient fabriqué de la cervoise. Leur premier tonneau avait été une purge, ainsi d'ailleurs que le second. Ce n'est qu'à partir du troisième que cette boisson pouvait être bue sans avoir à se vider. Leur jeu aurait pu s'arrêter là, mais ils se mirent à fabriquer des armes rustiques. Après quelques recherches sur Internet, ils s'étaient fait une bonne idée de ces engins. Les reproduire n'avait pas été trop difficile. Les années suivantes, cette bande de post-adolescents joyeux s'était retrouvée tous les étés du côté de Gergovie. Ils avaient alors créé une association : Renégats Gaulois, ou RG pour créer une ambiguïté. L'âge adulte avait fini par les atteindre, si bien que les copains fondateurs avaient fini par espacer banquets et jeux dans les forêts.

De nouveaux arrivants allaient changer radicalement l'esprit de l'association. Finies les bières et reconstitutions, il fallait revenir à l'essence même du peuple gaulois. Les Romains n'étant plus des ennemis depuis longtemps, les dieux gaulois ayant été remplacés par un dieu unique, ils avaient aisément trouvé leurs nouvelles cibles, plus religieuses. Ils allaient bouter illégaux et Sarrasins hors de France. Pour pimenter le jeu, ils avaient décidé d'y inclure une touche de réel. L'époque était à l'action, à la violence.

Un certain Honoré Saint-Just avait pris la tête de ce groupe. En 2015, les attentats, suivis d'arrivées massives de migrants, leur permirent de conforter leur idéologie. Arcs et haches avaient été remplacés par les réseaux sociaux, les reconduites musclées hors de l'hexagone et autres intimidations urbaines. Honoré, conscient du dérapage de quelques amis, théorisait que c'était le prix à payer pour une reconquête de la Gaule.

Cependant, ce soir, la mort de cet homme l'avait traumatisé. Elle lui avait fait prendre conscience qu'il ne voulait pas tuer. Il avait compris qu'il avait perdu tout contrôle sur ses troupes. Chaque cellule s'était définie une organisation propre avec des objectifs très divergents. De plus en plus racistes et sauvages.

Laure

Laure veilla sur Ali durant plus de vingt heures. Son sommeil fut ponctué de quelques cris, de quelques périodes de fortes transpirations. Mais il retombait si rapidement dans les bras de Morphée, qu'il pensa avoir dormi d'un seul trait. Une fois de plus, en ouvrant les yeux, il vit cet ange au regard vert. Elle lui parla :

- Bonjour. Je t'ai laissé dormir. Tu en avais vraiment besoin. Il faut aller voir un médecin au plus vite. Je veux être rassurée sur ton état. Ensuite, j'irai voir la police à propos de l'assassinat de ton frère. Les auteurs doivent être retrouvés et punis. Je veux les connaître. Il me semble avoir aperçu des moustaches. Cela me fait penser à ces « Renégats Gaulois » dont tout le monde parle. Tu peux me décrire ce qui s'est passé, ce que tu as vu ?

- Je marchais à la recherche de manger. Avec Bilel. On voulait être loin des autres. C'est pas bon d'être deux cents ou trois cents. Ça fait peur. Avec mon frère, on était à part, plus loin. Un jeune français nous a donné du pain. On était content. Mais ils sont arrivés. Quatre. Deux grands, deux gros. Il faisait nuit. J'ai senti qu'ils étaient pas gentils. On a essayé d'aller ailleurs. Je voulais pas de problèmes. Je voulais aller vers des gens, vers la lumière. On n'est pas attaqué dans la foule. Les quatre, ils étaient blancs comme des draps. Le chef était grand, il avait des cheveux couleur sable, et un front. Grand front.

- Quoi d'autre ? Ils avaient des moustaches ?

- Oui. Après, ils couraient plus vite que nous. On a été rattrapés. Un a lancé un bâton qui a fait tomber mon frère. Je suis resté avec lui. Là ils ont tapé. Surtout sur Bilel. Ils l'ont traîné plus loin et ont continué. Longtemps. J'ai essayé de fuir. C'était pas possible. Ils m'ont donné un coup de pied dans le tibia. Puis toi.

- Tu vas rester ici. Au chaud. Tu vas manger. Je reviens. Il faut que je sache.

D'un geste spontané, il se jeta dans ses bras.

- Ne me laisse pas.

- Non, je vais te protéger. Je reviens vite.ne bouge pas. On ira voir un docteur.

Ces mots le transformèrent. L'homme renaissait. Il se détacha de sa protectrice pour lui presser délicatement les joues avec ses mains. Sans peur, elle se laissa faire. Les lèvres si douces d'Ali s'accolèrent à celles de Laure. Elle commençait à fermer les yeux et à sentir ses cheveux ébouriffés. Elle se dégagea promptement.

- Je dois partir. Je reviens. N'ouvre à personne.

Lieutenant de police Dumoulin

Depuis deux ans, Laure travaillait en sous-traitance pour le commissariat de police du dix-huitième arrondissement de Paris, rue Marcadet. La police étant débordée, personnel insuffisant, nombre de délits croissant, ils avaient décidé de sous-traiter certaines petites affaires au privé. Elle était donc assermentée, sans avoir pour autant le droit de porter l'insigne. Elle était là pour trouver des indices, des preuves, des coupables et donnait le tout à nos bons fonctionnaires de police. Elle avait ainsi noué de bonnes relations avec le Lieutenant de Police Franck Dumoulin. Ancien prof de sports, il avait quitté les gymnases fantômes du lycée de Bobigny pour devenir flic. Une fois reçu au concours, il avait été muté dans ce commissariat. Leur passé commun au service du ministère de la rue de Grenelle les avait rapprochés. Ensuite, elle avait gagné sa confiance en résolvant rapidement une affaire de vols à l'étalage. Il lui passait régulièrement des dossiers et l'aidait à se faire payer, tant les délais de paiement étaient devenus « Italiens ».

En arrivant, elle lui avait exposé une bonne partie des faits. Elle se trouvait par hasard sur place. C'était elle qui avait appelé. Elle voulait juste savoir qui avait pu commettre une telle atrocité. Par amitié, il lui donna quelques infos. Le minimum. Il parla des « Gaulois », mais aussi d'un frère mystérieusement disparu. D'ailleurs, n'avait-elle rien vu ? Elle jura que non et n'eut pas plus d'informations. Elle crut seulement comprendre que le chef de ce groupuscule était impliqué. En partant, il la pria de faire attention, de ne pas se lancer dans une enquête sur ce sujet. Il rappela qu'aider une personne en situation illégale était hors la loi. Il voulait la protéger.

Ces dernières paroles ressemblaient plus à un message codé qu'à une menace. Elle avait été intriguée qu'il la reçoive dans son bureau, alors qu'à l'accoutumée, il lui donnait ses missions en présence de ses hommes. Une petite lumière rouge s'était allumée dans son cerveau. Quelque chose clochait.

Laure

Elle passa la journée en filature d'un homme. Employé d'une société liée à la défense nationale, il était soupçonné par son entreprise de donner des informations à un concurrent. Pratique courante. Tout autant qu'il était possible que les indices aient été créés pour accuser ensuite l'infortuné, et le licencier pour faute lourde. Elle n'avait pas d'avis tranché sur ce cas et se contenta de minuter ses trajets, de le prendre en photo. Son esprit était tourné vers Ali.

Les jours suivants furent assez calmes. Les blessures n'étaient que superficielles. Il avait eu de la chance. Bien que commençant à comparer l'appartement à une prison douillette, Ali restait sagement dans les murs. Madame Richard épiait, Laure surveillait. Pendant ses surveillances parfois si longues, elle avait trouvé des infos sur ces « Gaulois ». Ils apparaissaient de plus en plus sur les réseaux sociaux et dans les faits divers. Ils ne se cachaient plus vraiment.

En interrogeant les autres contacts qu'elle avait dans la police, elle se heurta à un mur.

Pile une semaine après le meurtre, elle rentra tard. Pour ne déranger personne dans l'immeuble, elle monta dans son appartement en chaussettes, sans allumer la lumière. Elle n'eut pas besoin de chercher sa clé. La porte avait été défoncée. Tout avait été retourné, les matelas éventrés, la vaisselle cassée, les livres déchirés. Mais personne. Elle se mit à crier : « Ali, Ali » et s'apprêtait à appeler son ami Dumoulin quand sa voisine se manifesta :

- Laure. Chut… Venez s'il vous plaît.

En entrant, ce n'est pas l'odeur habituelle de naphtaline qui la frappa. C'était une odeur de peur. Ali était assis, immobile sur une antique chaise de cuisine.

- Ils sont venus. La première fois, ils étaient deux. Ils ont frappé à la porte. Comme ils n'avaient pas de réponse, ils ont crié votre nom. Le plus grand disait qu'il était de la police. L'autre était très costaud et petit. Une sorte de pilier. Après quelques minutes, ils sont partis. J'ai vu votre ami sortir. Il était terrorisé. Je lui ai proposé de venir prendre un thé chez moi. Plus tard, ils sont revenus. Avec un autre pilier. Et là, ils étaient différents, plus agressifs. Ils parlaient de Sarrasins. Comme personne n'ouvrait, ils ont tout défoncé. Nous sommes restés ici sans broncher. Le pauvre homme avait des yeux d'un autre monde. On ne devrait pas attaquer les gens ainsi.

Elle donna une description plus précise de ces individus. Ça correspondait bien.

Appartement saccagé, chasse aux Sarrasins, un soi-disant policier. On n'était plus dans le simple débat d'idées. Il s'agissait d'agressions, de meurtres. Elle appela donc le lieutenant Dumoulin :

- Si ta proposition de café tient toujours, je serais ravie de te voir ? Si possible, tout de suite, au café Marrakech ...J'ai besoin de toi.

À peine dix minutes plus tard, ils dégustaient le meilleur expresso de Paris. Laure ne pouvait plus perdre de temps et se décida à tout raconter, sans rien omettre.

- Laure. Tu aurais dû m'en parler la semaine dernière. J'aurais partagé mes soupçons avec toi. Ce groupuscule « Renégats Gaulois », encore appelé RG, a changé complètement. Ils ont infiltré les milieux politiques, les médias, et surtout la police. Dans mon groupe, je pense qu'Alain Martinez les a rejoints. Nous avons eu beaucoup de fuites, ayant abouti, comme par hasard, à des tabassages sérieux. La description de ta voisine semble lui correspondre. Quand tu es venue, il a du tendre l'oreille, cherché un peu et voilà. Il était absent ces jours-ci. Soi-disant une gastro….
- Que peuvent-ils faire ?
- Ils sont violents, très violents. Avant, c'était de l'intimidation, puis ils se sont mis à louer des camions pour reconduire ces malheureux à la frontière. Maintenant ils n'hésitent plus à les tabasser sans crainte des représailles ni de la justice. Ça dérape de plus en plus souvent. Ils agressent également ceux qui veulent les aider. Résultat : sept morts rien que le dernier mois. Mais

personne n'en parle. Le seul journaliste qui a osé s'est retrouvé avec le nez cassé.

- Maintenant que tu sais que j'héberge un migrant, et que je suis une cible, tu me conseilles quoi ?

- Les concernant, une seule solution, les prendre en flagrant délit. Ton protégé devra s'enfuir, miraculeusement... Je vais préparer les hommes dont je suis sûr, et laisser fuiter les informations sur une intervention délicate.

- Ma voisine ne risque rien ?

- Tu sais, dans le temps, la version officielle aurait été : ne vous inquiétez pas, il n'y a aucun risque. Maintenant, tous les discours officiels sont les mêmes : le risque zéro n'existe pas. Je ne veux pas te mentir on va faire au mieux, et je vais dire aux hommes d'être vigilants. Pour coffrer les coupables et sauver ton protégé, je ne vois rien de mieux.

- Laisse-moi la nuit. Je vais rentrer chez moi, me reconstruire un peu...

- Fais attention à toi. Mon gars t'a identifiée. Si je le trouve, je vais l'affecter à une mission interne, pour l'avoir à l'œil ici.

- Merci Franck.

- Ne me dis pas que tu me revaudras ça, je risque d'avoir quelques idées.

La façon qu'il eut de la dévisager ne laissait planer aucun doute sur ses souhaits. Laure l'avait compris et n'arrivait pas à rejeter totalement cette idée.

En rentrant chez elle, elle constata que l'assurance avait pris les choses en main. Une nouvelle porte avait été installée. Après avoir remis son appartement dans un état minimal, elle décida de soulager Madame Richard en récupérant Ali. Le jeune homme hésitait entre suivre sa fée française et fuir. Il ne savait pas où, mais loin. Dans son esprit, le sourire de sa mère se superposa à celui de Laure. Elle le prit par la main pour monter les quatorze marches menant à l'étage supérieur. À l'intérieur de l'appartement, elle le lâcha.

Il était beau. Trop jeune. Elle était belle. Cependant, elle n'acceptait pas d'être une seconde mère. Leurs nuits furent peuplées de barres de fer, de corps meurtris ou enchevêtrés.

Assaut

Comme tous les matins, Madame Richard s'était réveillée à six heures. Sans un bruit, elle préparait son petit-déjeuner, scrutant par la fenêtre les éventuels faits-divers qui pourraient égayer sa journée.

Le lieutenant Dumoulin planquait avec cinq hommes.

Bref, le soleil pouvait se lever. Austerlitz ? Waterloo ?

Chaque jour, le camion-poubelle de 06H05 faisait office de réveil pour le quartier. En avalant les détritus, il faisait rugir son moteur rugir et grincer ses freins. Ce grondement, d'ordinaire si banal, correspondit ce jour-là à un signal.

Trois hommes cagoulés s'engouffrèrent dans l'immeuble. Avec une légèreté surprenante vu leur poids, ils gravirent les escaliers à la vitesse de l'éclair. Aux aguets depuis l'aube, la détective avait repéré la voiture dont ils s'étaient extraits, garée non loin de ses fenêtres. Elle avait vu ces hommes, vêtus de noir, sortir battes de baseball et autres objets de leur coffre.

Alertés par Laure, le lieutenant et ses hommes, prêts pour la confrontation, s'étaient mis en action. Ils avaient tout prévu. Sauf ce qui se passa.

Bizarrement, les trois costauds s'arrêtèrent à l'étage de madame Richard. Sans sommation, ils défoncèrent la porte à l'aide d'un bélier. La pauvre septuagénaire fut cueillie en plein exercice matinal de yoga. Peut-être n'auraient-ils pas voulu frapper une vieille dame blanche, mais ils avaient dû considérer qu'ils n'avaient pas le choix. Un violent coup de poing, agrémenté de poing américain vint la cueillir et l'envoya à terre.

- Où est-il ? Parle vite, vieille taupe. Collabo.

Tout s'accéléra. Laure et Ali firent l'erreur de vouloir fuir. En descendant, Ali se fit cueillir par un coup de batte de baseball en pleine tête.

Dans le sens de la montée, le premier policier arriva au second étage. Il subit un moulinet de la batte. Déterminé, le lieutenant Dumoulin tenta de reprendre les choses en main :

- Police, rendez-vous immédiatement.

À l'intérieur, on entendit un des trois énergumènes.

- Agent Martinez, je suis de la maison, on est en mission. On arrête des personnes en situation illégale et leurs complices.

Dumoulin avait sa confirmation et son flagrant délit :

- Je répète, personne ne bouge. Vous êtes tous en état d'arrestation. Agent Martinez inclus.

Les deux piliers hésitaient. Bien que groggy, Ali se releva et ne vit pas l'agent Martinez. Muni d'une batte en métal, il se rua sur lui en hurlant :

- Par Toutatis, mort aux hérétiques.

Sa frappe fut digne du plus beau des « Home Run », le coup le plus magistral du baseball américain.

Le lieutenant eut un temps de retard pour neutraliser son collègue-gaulois grâce à son « Taser ». Ali avait pris le coup fatal.

Les deux autres se rendirent sans autre discussion.

Conscient que la lutte contre les ultras ne se terminerait pas avec l'incarcération de Martinez, Dumoulin sut qu'à compter de ce jour, il allait devenir un symbole.

Avant de rejoindre son frère, Ali vit une dernière fois ces yeux verts.

Les larmes de Laure inondèrent son visage maintenant sans vie.

Ali.

Arrivé en migrant, il partait en Martyr.

Brouillard de mer

Claudia Grimaldi

Vingt-trois heures sonnèrent en bas sur la ville. Tous les bruits étaient étouffés dans le coton de brouillard qui envahissait tout. Embusqué derrière les poubelles, il était sorti de prison trois semaines avant et ce soir-là, il la guettait devant chez elle. L'homme serra les poings et grimaça dans son passe-montagne sombre, car l'attente s'éternisait. Il n'avait pas beaucoup changé et avait toujours son problème de vue à gauche, filant vers l'extérieur. Souvent, ça gênait sa vision et la lumière l'incommodait. Alors il portait de vieilles lunettes de soleil démodées le jour et la nuit des lunettes de plongée, bien couvrantes sur les côtés. Maintenant, il était plus musclé, il n'avait pas eu grand-chose d'autre à faire pendant dix ans, à part s'entraîner à la salle de musculation de la prison. Il aurait bien aimé être professeur de sport, mais il n'avait jamais beaucoup appris. Parfois, quand il était petit et qu'il ramenait de mauvaises notes, son père l'enfermait dans la niche en brique du chien, avec un livre de classe à apprendre. Ce n'était pourtant pas son pire souvenir d'enfance quand il y repensait. Le juge en avait pourtant parlé devant tout le monde au procès. Danloi avait juste dit qu'il s'entendait bien avec le chien. Le gros Procureur avait rétorqué en haussant les épaules qu'on ne s'entendait pas bien avec un animal, que le prévenu disait n'importe quoi et était juste désocialisé. Heureusement, cette affirmation lui avait valu les circonstances atténuantes, ça avait compté en plus de toutes les privations et maltraitances subies. Ensuite, il y avait eu toutes les autres affaires, alors il avait compté les jours en attendant sa sortie, en espérant la retrouver vite, elle, l'avocate de la défense. Dans sa tête, aucun doute ne subsistait : c'était sa faute et il n'aurait jamais dû mettre un pied en prison si elle l'avait bien défendu. Il se serait contenté d'une vie simple avec un petit job, comme tout le monde, aurait eu des enfants, une maison, un animal de compagnie.

Ce soir, il avait surtout mal aux dents avec toute cette humidité, depuis deux heures qu'il attendait qu'elle sorte le chien. Il avait tout prévu depuis le temps qu'il surveillait ses allées et venues et il s'était habillé en conséquence pour éviter les morsures du gros berger allemand. Dissimulé derrière des cartons, il ressemblait à un horrible épouvantail qu'on aurait jeté avec des restes de végétaux. Au bout de sa rue, il la vit enfin se diriger vers les escaliers qui menaient à la plage des Basques pour promener Max sur le rivage. Il fallait qu'il l'arrête avant. Même avec le brouillard et la bruine, d'autres sortiraient leurs bêtes aussi. Il n'était pas question de tout faire rater en la laissant aller jusqu'en bas de la falaise. Il la suivit à distance puis courut vers le raccourci qui le ferait arriver avant elle. Dans la descente, il se tapit dans les bosquets, guettant les pas de sa proie en écoutant le halètement du chien qui se rapprochait. Quand elle se trouva à quelques mètres de lui, Max aboya. Marie tourna la tête et instinctivement se colla un peu plus contre la falaise, s'éloignant des buissons où le chien avait senti quelque chose. Avant qu'elle n'ait eu le temps de lui enlever sa laisse, une silhouette imposante la tira par le bras. Sentant le danger, le chien se jeta sur le corps rembourré de l'homme pour défendre sa maîtresse. La bête attaqua les jambes sans accrocher prise puis elle s'immobilisa dans un gémissement, vaincue par un taser électrique. Dans un geste lent et précis, les doigts gantés de l'homme se refermèrent sur le cou de Marie. Elle tenta en vain de s'agripper à la cagoule et aux lunettes de plongée. Comme dans un rêve, elle vit Max retrouver toute sa force et se relever pour attaquer l'homme rembourré comme il l'avait appris à l'entraînement canin. L'agresseur fit volte-face sans lâcher Marie et brandit encore son pistolet électrique sur le chien agressif. Dans la lutte qui faisait se déchaîner l'un contre l'autre l'homme et la bête, Marie réussit à libérer son cou de la main gantée qui l'étranglait puis elle parvint à s'enfuir. Dans le brouillard, le rocher de la vierge formait une apparition lumineuse rassurante. Elle se mit à courir au milieu de la route en direction de la passerelle. Très vite, l'homme fut à nouveau près d'elle, ayant encore réussi à se débarrasser du chien. Marie pensa que c'était la fin et qu'elle n'avait pas même un parapluie pour se défendre. Elle vit la jetée qui finissait dans son dos et les gros rochers en contrebas du parapet. Elle enjamba le muret et se tapit entre deux blocs de pierre, se protégeant la tête de ses bras. Son cœur menaça de s'arrêter à cause de la peur quand il lui saisit la capuche pour la relever. Elle essaya de crier sans qu'aucun son ne sortît de sa bouche, comme si elle était déjà morte. Les vagues déferlaient et la mer rugissait excédée par le vent. Il referma à nouveau ses mains gantées sur sa gorge. Marie entendit le chien qui toujours d'attaque revenait au galop. Elle agrippa ses mains frêles à celles de l'homme pour lui faire lâcher prise. Puis le chien de nouveau attaqua à l'entrejambe, déchirant avec acharnement le paquet de paille qui matelassait le pantalon. L'homme rembourré pivota vers la bête et chercha son cou pour une dernière décharge électrique. Dans un sursaut, Marie ramassa une grosse pierre et frappa l'homme à la tête de toutes ses forces pour aider le chien. L'agresseur se retourna vers elle et elle reconnut alors ses yeux exorbités par la rage derrière les lunettes de plongée. Elle frappa encore son nez, son front, tenant la pierre à deux mains. Il perdit l'équilibre et le chien se jeta sur lui pour dépouiller le passe-montagne et les lunettes en plastique. Alors, de toutes les forces qui lui restaient, Marie fonça en tenant son caillou comme un bouclier. Enfin, il bascula et dégringola dans les rochers en rebondissant dans un nuage de paille éclatée. Marie souffla bruyamment puis cracha au sol, proprement, comme une femme, sans avoir rien à cracher. Elle retint le chien haletant par son collier puis le caressa longuement en écoutant le bruit fracassant des vagues.

Par deux fois, Marie vérifia la fermeture de sa porte puis ferma les volets rouges, s'assurant d'une pression qu'ils étaient bien clos. Elle alluma la guirlande de boules lumineuses qui faisait une lumière douce et rassurante puis se laissa tomber sur le tapis, un verre de whisky à la main. Dans la pénombre, son regard vague se perdit dans une gravure de Daumier, au-dessus du canapé. En souriant, elle murmura à voix basse le mot célèbre du Magistrat instructeur au voleur qui comparaissait devant lui : *"Vous aviez faim, mais moi aussi presque tous les jours j'ai faim, et je ne vole pas pour cela !"* Elle adorait ce bon mot, c'était un classique des prétoires. Puis elle pensa à l'homme de la plage. Elle était sûre que c'était lui, le jeune de dix-huit ans à l'époque qu'elle avait été obligée de défendre dans une affaire de vol avec violence. Il avait arraché son sac à une jeune femme qui était tombée lourdement au sol en se cassant le coude. Marie avait été commise d'office au tribunal correctionnel. C'était sa première affaire d'avocate et ça l'impressionnait beaucoup, car la victime avait son âge avec sûrement les mêmes espérances pour son avenir. Elle aurait voulu défendre la victime, par solidarité féminine. Après tant d'années d'études, ce jour-là, Marie n'était plus sûre de son choix, de son engagement de pénaliste. Depuis, elle avait pris du recul pour mieux gérer son boulot, elle savait défendre ses clients sans trop s'investir personnellement. Dans sa première affaire, plaider pour ce type lui avait coûté plus que les sourires narquois de son confrère de la partie civile. Marie se souvenait de son tract devant le tribunal, de sa médiocre plaidoirie justifiée par le sentiment de répulsion qu'elle ne pouvait réprimer pour le jeune plein d'arrogance qui transpirait l'agressivité. Pour lui, les femmes jeunes ou vieilles, n'étaient que des cibles faciles. Danloi avait eu une condamnation de trois ans de prison, dont six mois avec sursis. L'affaire remontait à dix ans, il avait sûrement replongé et son sursis avait été révoqué à cause d'une autre peine. Maintenant, il était sorti de prison pour la tuer et elle venait de le frapper avec la pierre en le poussant dans les rochers. Elle fut surprise d'avoir sommeil malgré ce qu'elle venait de faire et s'allongea près du chien roulé en boule. Elle se dit qu'il faudrait prévenir la police et que s'il était mort, elle ne serait pas condamnée puisqu'elle était en état de légitime défense. Il y aurait juste un murmure d'approbation s'élevant pour l'affaire du siècle, repris par les titres des journaux du soir *"Une avocate tue un ancien client !"* S'il n'était pas mort, il serait renvoyé devant la cour d'assises du chef de tentative d'assassinat avec arme et préméditation, pour le commencement de l'acte manqué par des circonstances indépendantes de sa volonté, article 121-5 du Code pénal. Marie eut un sourire satisfait et imagina la plaidoirie de l'un de ses éminents confrères assurant sa défense, déclarant dans une belle envolée verbale, un bel effet de manche : *"qu'elle n'était qu'une femme et que c'était là sa seule faute"*. Dans un demi-sommeil, son verre vide lui échappa des mains. Le chien le regarda rouler sous la table basse puis s'assurant du calme de sa maîtresse se recoucha la tête sur les pattes. Avant de s'endormir complètement, Marie revit l'homme, les rochers puis le corps rebondissant avec la paille. Elle pensa que c'était la première fois dans sa carrière d'avocate qu'elle se retrouvait en position de victime. Elle savait déjà qu'elle vivrait longtemps avec le souvenir de l'agression, sans pouvoir oublier, en laissant juste filer le temps qui n'efface rien, mais embrouille la mémoire. Un jour, les contours de la scène deviendraient flous, il fallait attendre que les mois passent au fil des saisons.

Quand une petite aube blanche s'infiltra sous les volets, tout de suite, le cauchemar de la veille lui revint. Elle avait envie de redescendre vérifier sa surprenante réalité, mais la peur la clouait sur place. Elle démarra la cafetière italienne et alluma une cigarette en repensant à l'homme aux lunettes de plongée. Elle se demanda si on le trouverait aujourd'hui. En ouvrant avec appréhension les volets au ras du trottoir, elle vit qu'il pleuvait toujours, de cette pluie fine et soutenue qui faisait vite rentrer les gens chez eux. Elle se dit que peut-être le corps était recouvert par les rochers entraînés dans sa chute. Et puis elle pensa aux oiseaux de mer, les fous de Bassan, les mouettes rieuses et tous les autres. Ils picoreraient peut-être les yeux de l'agresseur, se tirant l'iris, déchirant les paupières, à qui un bout de nez, à qui un bout d'oreille. Avec un peu de chance, les gros albatros le boufferaient en s'attardant sur sa tête pour un grand festin qui le rendrait méconnaissable. Elle pensa qu'on dirait peut-être qu'il était tombé dans les rochers, attaqué par un chien errant. Mais elle se demanda aussi comment on expliquerait le rembourrage de paille et de toile de jute autour de son corps. Ce n'était quand même pas une tenue de plage, ni de surf, ou de plongée. Cela constituait plutôt un élément de la préparation pour réussir l'agression. Surtout, ce qui l'inquiétait le plus c'est qu'ainsi protégé avec son matelassage, il n'était peut-être pas mort et allait revenir. Elle eut un long frisson à l'idée de vivre longtemps avec cette inquiétude puis se précipita sous la douche. Il fallait qu'elle en parle à Jacques, son voisin flic, son ex-complice. Il irait voir dans les rochers et la conseillerait. Si le type était encore en bas de la falaise et bien mort, ça lui ferait juste une mauvaise publicité pour sa carrière. Si le corps n'était plus là, il faudrait que la police la protège au cas où il reviendrait.

Au loin, sept heures sonnèrent dans le brouillard de mer. Elle annula ses rendez-vous du matin et sortit sonner à la porte voisine. Jacques mit du temps à arriver en tee-shirt blanc soulignant ses gros muscles, sexy avec son caleçon et ses savates en cuir. Il avait sa grosse moustache hérissée, les cheveux en bataille et des valises sous les yeux.

— Je sais, dit Marie en le repoussant à l'extérieur, ça fait tôt, mais j'ai besoin de toi.

— Ben oui, dit Jacques avec sa voix de fumeur grognon repoussant le chien qui sautait pour lui faire la fête, je suis rentré à cinq heures, on était en planque, qu'est ce que je peux faire pour toi ? dit-il en savatant vers la cuisine pour faire du café.

Marie repoussa la veste de cuir qui traînait sur le fauteuil et ramassa le 357 sur la table basse, près du journal local relatant la disparition inquiétante d'un magistrat. Cela faisait les gros titres des journaux depuis quinze jours. On avait juste retrouvé sa voiture sur le bord de mer. Marie avait déjà plaidé devant lui au tribunal de Bayonne sans le connaître personnellement. Elle se dit en soupesant l'arme qu'elle lirait l'article plus tard.

Comme d'habitude Jacques avait enlevé les balles du 357 pour les ranger soigneusement à côté. Il faisait toujours ça, sachant que certaines de ses conquêtes d'un soir ne résistaient pas à l'envie de tenir en main un vrai flingue de flic. Il apporta les tasses en retirant l'arme des mains de son ancienne amoureuse. Marie se laissa faire et commença à lui raconter sa sinistre soirée en essayant de se rappeler le moindre détail.

— Ben dis donc, tu t'es fait un copain, dit Jacques en sautant dans son jean. Tu vas rester ici, je vais aller voir avec Max, ça le sortira. Si le type y est, je téléphonerai aux collègues…

— Et s'il n'y est plus ? coupa Marie inquiète en l'accompagnant à la porte, déjà prête à s'enfermer à double tour.

— Ben, t'inquiète pas, on te protégera et on lancera un avis de recherche, répondit Jacques en passant sa laisse au chien tout content.

Après avoir tourné sans but dans la maison en désordre, Marie décida de nettoyer la cuisine. Elle savait que ce n'était pas bon signe quand elle commençait à faire le ménage. C'était comme un besoin de nettoyage dans sa tête pour retrouver sa lucidité, comprendre pour mieux agir. Seul Jacques pouvait l'aider et la protéger, elle avait confiance en lui. Elle l'avait tellement aimé et puis tellement détesté à cause de toutes ses infidélités. En plus, par une étrange coïncidence, ils vivaient dans des maisons mitoyennes, chacun chez soi, mais solidaires quand même, comme des inséparables. Elle sourit en repensant à la première fois où elle l'avait vu sortir de chez lui. Soupçonneuse, elle avait cru qu'il avait déménagé après sa propre installation, pour se raccrocher à elle. Même pas, il continuait sa vie de flic, avec ses permanences de nuit, ses copines mariées ou célibataires, blondes, rousses, un poème à la Verlaine. Alors un soir d'hiver où son frigo et ses placards étaient vides, elle avait sonné à la porte voisine. Jacques l'avait accueilli comme avant, comme si rien n'était cassé entre eux. Depuis, ils déjeunaient à nouveau ensemble en ville, échangeaient autour d'un café le matin en prenant le soleil sur les terrasses du bord de mer.

Elle sursauta quand il tapa au carreau en tambourinant fort avec ses doigts comme il le faisait toujours. Elle se précipita pour ouvrir.

— Alors ? demanda Marie anxieuse, tu l'as trouvé ?

— Non, il n'y avait personne sur les rochers, juste des restes de paille et des traces de sang, j'ai appelé les collègues pour qu'ils fassent des prélèvements...

— Il va revenir ! Il va falloir que je porte plainte et que je raconte tout, murmura Marie inquiète, les journaux vont s'en donner à cœur joie...

— Tant pis pour le déballage, c'est obligé, c'est sûr qu'il peut revenir, on l'attendra. Tu n'es pas la première ni la dernière qui se fait agresser, en tant qu'avocate, tu dois montrer la marche à suivre, dit Jacques en se resservant du café. On va médiatiser à fond, peut-être que quelqu'un va nous dire où il se planque. Surtout, il ne faut pas que tu sortes seule le soir. Comme je ne suis pas sûr que tu sois bien protégée, je viendrai prendre pension chez toi, t'en dis quoi ?

Marie faillit cracher son café en s'étouffant de rire tellement elle fut surprise par la proposition de Jacques.

— C'est tout ce que tu as trouvé ? Prendre pension et te faire entretenir comme garde du corps ? Je te préviens, tu ne comptes surtout pas sur le repassage et t'as intérêt à ranger ton bazar ! Dit-elle en secouant la main pour un sévère avertissement.

— Ne t'inquiète pas, lança Jacques en riant, je me transformerai en grosse souris sortant juste entre la poire et le fromage pour grignoter un peu !

Je te donnerai une bombe lacrymogène tout à l'heure, dit-il en redevenant sérieux. En attendant, tu mets dans ton sac une bombe de déo ou de laque, ça fait moins de dégâts, mais ça surprend quand même. Pour te servir de la lacrymo, poursuit-il en mimant le geste, tu appuies avec le pouce, l'index bien droit comme une arme et tu essaies de rester à un mètre de la cible.

Marie mit sa bombe de laque dans son sac en blaguant sur sa maigre protection.

— Me voilà prête pour ma guerre de femme ! Dit elle ironique. Je devrais peut-être prendre aussi mon fer à friser, si jamais je trouve une prise, au moins je suis sûre qu'il chauffe bien, même s'il faut attendre un peu. Je lui demanderai de patienter avant qu'il m'étrangle, conclut-elle en riant, tu n'aurais pas aussi une batte de baseball s'il ne veut pas faire traîner ?

Jacques haussa les épaules en souriant. Il avait toujours aimé le côté blagueur de Marie. Il gara avec précision sa vieille Toyota Celica entre deux fourgons de police. Il tenait beaucoup à sa voiture et faisait toujours attention à son stationnement, même s'il devait tourner longtemps avant de trouver la place idéale.

Marie déposa plainte pour tentative d'assassinat sous la menace d'un pistolet électrique et avec préméditation. Sans attendre les résultats du labo pour les traces ADN, elle désigna son ancien client comme coupable et découvrit son casier judiciaire long comme un rôle d'audience quand les affaires s'éternisent le soir. Il n'avait pas perdu la main depuis qu'elle l'avait défendu, coups et blessures, vols à l'arraché, vols à l'étalage. Et depuis hier, il risquait la perpétuité pour tentative d'assassinat avec circonstances aggravantes sur un auxiliaire de justice. Le problème, c'était peut-être que Danloi le savait aussi et que du coup, il n'avait plus rien à perdre pour retenter une nouvelle attaque contre elle.

— Tu peux me déposer au cabinet ? demanda-t-elle à Jacques en signant sa déposition, je ne vais quand même pas rester planquée sous le tapis à l'attendre.

— T'as raison, faut t'occuper, tu ne crains rien avec tes associés et voilà de quoi te défendre, dit-il en lui donnant une petite bombe lacrymogène noire, je viendrai te chercher vers 19 heures et tu me feras des pâtes...

— C'est ça ! Passe ta commande, mais n'oublie pas de faire des courses, répondit Marie sur un ton amusé, oignons, viande hachée et tomates plus un bon vin italien, si tu veux bien noter ?

— Pas de problème M'dame, ton grand boy va faire les courses, répondit Jacques en la déposant rigolard devant le grand hall en marbre de son cabinet d'avocats.

Marie était souriante dans l'ascenseur qui la menait au deuxième étage du bel immeuble blanc. Jacques avait réussi à la faire rire, comme avant, comme s'il ne lui était rien arrivé la veille. En plus, Max ne resterait pas tout seul à la maison. Jacques avait une tolérance pour l'animal, qui devait rester couché sous son bureau au commissariat, en attendant les transports sur les lieux des crimes. Marie était bien placée pour savoir qu'un gros berger allemand était bien utile en cas de problèmes. Le chien lui avait sauvé la vie. Il lui manquait un peu, car son sentiment d'insécurité ne l'avait pas totalement quitté. Elle oublia ses grosses contrariétés dans l'après-midi chargée de rendez-vous, mais se fit remplacer à l'audience du tribunal pour éviter de sortir.

Vers dix-neuf heures, elle envoya un texto à Jacques pour savoir quand il viendrait la chercher. Elle salua ses confrères qui quittaient un à un le bureau puis retoucha son maquillage en guettant ses textos. Comme Jacques ne répondait pas, elle pensa qu'il devait encore être en vadrouille et décida de descendre à l'épicerie italienne à deux pas du bureau pour acheter le repas du soir. Il pleuvait toujours et le brouillard de mer collait au lampadaire déformant en vagues ondulantes la lumière jaune. L'air humide sentait la mer et le vent ramenait des relents de bouffe de cantine qui formaient un mélange fétide. Luigi, l'épicier, rentrait ses oranges et ses citrons pour fermer le magasin. Il la salua sans impatience, content de la voir et de la servir. Elle prit de grandes tranches de mortadelle, deux portions de pâtes fraîches avec de la sauce carbonara, en plus du vin rouge et du tiramisu pour le dessert. Elle se dit que Jacques serait content, car il aurait sûrement oublié les courses.

Quand Marie revint devant la porte du hall avec sa plaque d'avocat en cuivre dont elle était si fière, elle vit tout de suite qu'elle était entrouverte, bloquée avec la cale en bois du personnel d'entretien. Elle l'avait pourtant bien refermée. Ses mains froides étranglèrent la bombe lacrymogène dans sa poche de parka. Elle la sortit pour l'essayer en appuyant très fort dessus et approcha son nez après la projection. C'était efficace, même dehors, ça piquait les yeux et le nez. Rassurée, elle regarda encore son portable. Aucun message de Jacques n'apparaissait, elle en renvoya un autre : *" j'ai fait les courses chez l'Italien et je t'attends au cabinet, mais la porte d'entrée était grande ouverte, je suis sûre de l'avoir fermée, viens vite ! Marie."*

Elle ne pouvait pas rester dehors à l'attendre alors elle jeta un coup un regard furtif autour d'elle, puis se décida à entrer en enlevant du pied la cale qui bloquait la porte. Elle appela l'ascenseur avec impatience sans cesser de se retourner en se disant qu'elle devenait complètement parano, avec sa bombe lacrymogène à la main. Finalement, elle fonça dans l'escalier en marbre jusqu'à son bureau. Elle enfonça vite la clé dans la serrure de la porte blindée, essayant de ne pas renverser le tiramisu, mais tout de suite, elle sentit l'eau de Cologne dont il s'était aspergé. En quelques secondes, il bondit des toilettes du couloir pour plaquer ses mains froides sur sa bouche avant qu'elle ne puisse crier.

Il la poussa brutalement vers l'intérieur en lui arrachant le sac de courses pour le jeter sur le bureau. La bouteille de vin se fracassa contre la lampe et le liquide commença à couler sur la moquette verte. Marie fut projetée dans le gros fauteuil à roulettes près du vestiaire. Dans l'action, elle se cogna la tête aux ailes de la sculpture en marbre de la *Victoire de Samothrace*, posée sur le secrétaire. Elle se releva un peu assommée et se précipita sur lui, l'aérosol noir à bout de bras. Elle appuya machinalement dessus, mais le composant chimique testé dans la rue avait perdu de la pression et de son efficacité. Avec son passe-montagne et ses lunettes de plongée, une fois de plus, Danloi était bien équipé pour le corps-à-corps. Contrarié malgré tout, il rugit de colère et lui tordit le bras. La bombe irritante roula sous le bureau dans la pièce où flottait déjà un nuage de gaz volatile. Marie cria et toussa en même temps pour finalement aller d'elle-même se rasseoir sur son fauteuil à roulettes et se cacher la bouche avec son écharpe.

— T'as plus intérêt à broncher ! lâcha l'agresseur en brandissant vers elle son taser à impulsion électrique, lance ton téléphone !

Marie s'exécuta et vit son précieux smartphone écrasé en mille morceaux par l'homme rageur aux lunettes de plongée.

—Tu t'en tireras pas comme ça ! cria-t-elle furieuse, mon ami flic est au courant, il va venir me chercher ! Et la société de ménage va arriver...

— Je t'ai dit de rester tranquille ! hurla Danloi en s'avançant vers elle avec son pistolet à impulsions électriques, sinon on va voir si t'es aussi résistante que ton chien...

— Non ! cria Marie en avançant ses mains pour se protéger, on va parler !

— N'essaie pas de m'embobiner ! T'es devenue forte depuis que tu m'as défendu, si on peut appeler une défense, une plaidoirie bâclée ! Dit-il en posant son taser pour sortir une fine corde blanche en nylon qu'il étira d'un coup sec avec un rire hystérique, comme dans les films d'horreur.

Il lui lia les mains sur le ventre en lui écrasant les pieds avec ses grosses chaussures et les jambes avec son genou. Marie ne résista pas, rassurée qu'il ne l'étrangle pas.

— Si tu bouges, je te tue ! cria-t-il, ce sera contrariant pour moi, car ça n'aura pas duré longtemps. Pour moi, la taule ça a duré une éternité, tout ça à cause de toi garce ! J'ai eu une vie pourrie depuis mes dix-huit ans, je me suis fait tabasser, écraser comme une merde ! J'étais un gosse sans défense, ils m'ont cassé comme un jouet ! Lâcha Danloi en relevant un peu son passe-montagne, pour manger le tiramisu écrasé sur un dossier du bureau.

Il avait les lèvres tuméfiées et des croûtes de sang au bout nez. Marie se dit qu'elle ne l'avait pas raté et qu'il fallait juste continuer à discuter en espérant que Jacques arrive vite. Elle pensa qu'il serait inquiet en trouvant son texto, qu'il viendrait avec du renfort de police, avec Max. Elle ne pouvait pas savoir qu'il était parti très vite sur une scène de crime, en laissant son téléphone dans sa vieille voiture, coincée par d'autres véhicules dans la cour du commissariat. Du coup, il avait pris une voiture de service avec deux collègues et le chien. Marie décida de reparler du passé pour gagner du temps, comme le font toutes les victimes.

— J'étais jeune aussi, pleine de tract, moquée par mes vieux confrères pour mon manque d'éloquence. Je me disais que je m'étais trompée de voie. Quand je t'ai défendu, j'étais complètement déprimée, je n'y suis pour rien si tu as été lourdement condamné. Tu as quand même eu les circonstances atténuantes. Je n'y suis pour rien non plus si tu as subi des horreurs en prison...

— Ben voyons ! Je vais pleurer ! T'as peur, alors t'essaies de m'amadouer pour éviter que je te tue, c'est ta faute ! Si tu m'avais bien défendu, je ne serais jamais allé en taule ! cria-t-il en lui balançant la cuillère à dessert sale.

60

— C'est certain que tu fais peur avec ta folie, dit Marie en esquivant le projectile, mais c'est sûr que si tu me tues, ils t'enfermeront à vie, tu n'as aucune chance de t'en tirer, j'ai déposé plainte pour agression ce matin et ils savent que c'est toi, ils ne te feront pas de cadeaux avec ton casier judiciaire...

— Je ne suis plus à ça près ! dit-il en riant et puis maintenant j'ai l'habitude de la taule, faut quand même que tu paies pour avoir mal travaillé, te fatigue pas à essayer de me distraire avec tes boniments ! Dit Danloi en léchant le carton du tiramisu, je n'en serais peut-être pas là si j'avais eu un vrai avocat !

— Mais bon sang ! répondit Marie en tapant des pieds, ce sont les magistrats qui décident de la peine, pas les avocats !

— Ouais, mais t'as pas fait le job ! Pour les autres, j'ai prévu ça aussi, faire la peau au Président et au Procureur de l'époque, je sais où ils habitent, même si leurs baraques sont des blockhaus, je les aurai quand même et le deuxième roupilleur d'assesseur qui était avec eux ce jour-là aura son compte aussi, comme le premier qu'on a plus revu depuis le spot de surf, si t'en as entendu parler de lui ?

— Monsieur Arana, le juge assesseur qui a disparu il y a quinze jours ? C'était toi ? demanda Marie dégoûtée.

— Ben oui c'était moi ! Je l'ai vu surfer plusieurs fois, ça m'a donné une idée, je lui ai foncé dedans avec ma planche et il s'est pris le nose pointu de sa propre planche dans le crâne, t'aurais vu comme le sang a giclé ! dit-il sur un ton satisfait. Il finira par remonter un jour la tête bouffée par les poissons, car j'ai enlevé le leash pour qu'il coule loin de sa planche !

— C'est quoi le nose et le leash ? demanda Marie, faisant semblant d'être intéressée, je ne savais pas que tu parlais anglais...

— Je connais que les termes du surf c'est tout. Le nose, c'est le bout pointu d' une planche de pro, le juge en était un, mais là, je l'ai aidé à couler et personne n'a rien vu ! C'est pas beau ça ? Faut dire que le drapeau était rouge et qu'il faisait sombre et mauvais, y avait personne ! Le leash, c'est la corde qui te relie à ta planche, ajouta-t-il en riant content de lui.

— Je ne vois pas comment ça rattrapera le temps que tu as passé en prison toute cette vengeance et en plus un meurtre ! Il est plutôt temps de t'arrêter, répondit Marie d'une voix posée, mais si tu as décidé de me tuer aussi, finis-en vite !

Danloi déchira lentement la mortadelle avec ses doigts et bourra ses joues déjà pleines. Son festin achevé, il baissa son passe-montagne sur sa bouche et son nez en lissant soigneusement la laine avec ses mains.

— C'est bien, t'as du cran, j'aime pas les mauviettes, en taule, elles ont des réveils difficiles, dit-il en enfilant de gros gants de jardin bleus.

— Tu croyais quoi ? répondit Marie sur un ton détaché, en continuant à frotter ses deux mains sous son écharpe pour essayer de défaire la corde. Tu pensais que je me traînerais à tes genoux en pleurant ? Je sais qu'il faut bien mourir un jour, même si je souhaite comme tout le monde que ce soit dans très longtemps...

— C'est bien aussi si tu crains pas la mort, dit Danloi en se levant vivement pour fouiller dans son sac à dos. Ce jour-là est enfin arrivé, tu vas voir le beau feu d'artifice ! conclut-il en dévissant une grande bouteille de lait.

Tout de suite, Marie sentit l'essence et le vit asperger les rideaux, le bureau avec les dossiers des clients et le secrétaire en bois avec les objets de déco, les livres. Puis, il forma un cercle autour de son fauteuil avec le reste du liquide inflammable.

— Pourquoi tu ne m'asperges pas directement ? demanda Marie d'un air détaché en s'activant pour libérer ses mains liées sous les pans de son long foulard.

— Je t'ai dit, ça doit durer longtemps, je vais même rester pour qu'on cause jusqu'au bout, je suis gentil de te tenir compagnie, répondit-il en sortant son briquet pour commencer à enflammer tout ce qu'il avait arrosé d'essence.

Très vite, les rideaux de la fenêtre et les dossiers commencèrent à brûler dans une fumée jaunâtre emplissant la pièce, avec des flammes jaunes dansantes. Pour se rassurer, Marie pensa que le feu se verrait à l'extérieur, qu'un promeneur de chien téléphonerait à la police, que Jacques arriverait. Danloi éteignit la lumière pour profiter du spectacle du feu qui prenait très vite. Dans le quart d'heure, une fumée plus opaque se dégagea et Marie toussa très fort. Elle fit rouler son fauteuil jusqu'au vestiaire en se protégeant la bouche avec son écharpe. Il n'empêcha pas sa retraite vers le placard, préférant rire de sa panique, complètement subjugué qu'il était par le feu.

— C'est beau hein ? dit Danloi sur un ton enjoué en trinquant en l'air avec sa bouteille d'essence, sans voir les gouttes qui tombaient sur ses lunettes de plongée. Je vais bientôt te laisser à cause de la fumée et il me reste un peu de boulot avec les autres, je me suis fait un planning pour la soirée, conclut-il en se préparant à sortir du bureau.

Il faisait très chaud et le volume de fumée augmentait dans le bureau fermé. Marie suffoquait même en se cachant la tête dans l'écharpe pour protéger sa bouche et son nez. Plus le volume de fumées augmentait, plus la limite supérieure d'inflammabilité du mélange combustible était atteinte. Le père de Marie avait été pompier volontaire, elle se souvenait de ses conseils et cria à Danloi qui se dirigeait vers le pallier *"de ne pas ouvrir la porte"* Il faisait comme tous les gens qui découvrent l'incendie trop tard, par réflexe de survie.

Cela fit rire l'agresseur, car il pensa qu'elle avait peur de rester toute seule. C'était vrai aussi, Jacques et Max lui manquaient tellement. Danloi rit encore en tenant la poignée de l'ouverture capitonnée et fit entrer d'un coup l'air frais du couloir, formant le mélange explosif idéal. La porte ouverte fit un énorme appel d'air pour former une explosion de fumées dans la pièce hermétique avec ses deux fenêtres toutes neuves en aluminium. Les gaz inflammables accumulés dans le bureau par la combustion du bois, des tissus, du plastique s'enroulèrent avec les braises pour fermer le triangle du feu. Toutes les fumées sous pression et privées d'oxygène s'embrasèrent et explosèrent. Les flammes se ravivèrent avec violence. Marie s'enfonça encore un peu plus dans le placard à vêtements entrouvert pour se coller la tête contre sa robe d'audience. Elle frotta énergiquement ses mains liées contre l'encadrement en fer du vestiaire pour enfin briser la corde qui l'entravait. En une fraction de seconde, sans se soucier de son agresseur, elle saisit sa bouteille d'eau pleine et la vida sur sa tête. Dans un sursaut, elle l'entendit hurler pensant à nouveau que sa dernière heure était arrivée. Très vite, elle comprit que c'était la fin, qu'il ne hurlait pas après elle, mais de douleur. Elle se retourna pour le voir projeté dans les flammes des dossiers en tentant d'arracher ses lunettes de plongée en feu. Sans un geste pour lui, Marie se fraya un passage dans le brasier et se rua sur le palier pour dégringoler l'escalier. Elle se cogna contre Jacques qui montait en courant avec le chien et les pompiers.

UN EFFET PAPILLON ?

Irène Krassilchik

Je lui avais dit que s'il avait un problème en pleine nuit, il pouvait m'appeler.

Mon portable a sonné à trois heures du matin. Plusieurs fois. Je n'ai pas répondu. Il est mort.

Ce devait être une intervention chirurgicale banale. Opéré le matin, il était rentré chez lui le soir même. C'est ce qui se pratique maintenant dans les hôpitaux, après avoir été longtemps interdit pour cause de risque mortel, mais que des contraintes budgétaires imposent désormais.

En conséquence de quoi l'hôpital lui avait recommandé de ne pas dormir seul.

Or il vivait seul.

Je ne l'aimais pas assez pour aller passer la nuit avec lui, même sur le canapé du living. Je l'avais bien aimé autrefois, mais plus tant que ça depuis qu'il subissait les désagréments d'un âge qui n'était plus celui de notre liaison.

Quant à ses copines récentes, bien plus jeunes que moi, évidemment, attirées par sa puissante envie de séduire et son charme d'homme de la mer au visage buriné, il est probable qu'elles non plus n'avaient pas eu envie de l'assister dans cet aspect déplaisant de l'âge et de la maladie.

Je ne sais pas si c'est sa mort qui me peina le plus (oui, tout de même) ou bien la honte de ma surdité choisie de la nuit, toujours est-il que je ne me sentis pas bien du tout à l'annonce de ce décès que j'aurais peut-être pu éviter, ce qui n'est tout de même pas n'importe quoi.

J'allais donc devoir vivre désormais dans une certaine culpabilité, voire honte, et c'était bien déplaisant si l'on considère qu'ayant répondu à cet appel téléphonique, j'aurais pu faire le nécessaire auprès des pompiers ou du SAMU, ce qui aurait gâché ma nuit, mais pas le reste de mes jours, tendance qui commençait à poindre.

Il fallait que je fasse quelque chose.

Mon imagination perturbée par les événements, je ne trouvai que la solution d'absorber en un temps très court une demi-bouteille de vodka de bonne marque, (cette dernière qualité n'ajoutant rien à la force délicieuse mais renversante des quarante et quelques degrés du breuvage), boisson que je considérais par ailleurs comme une alliée, presque une de mes composantes, sa consommation me semblant compatible avec les gènes transmis par des dizaines de générations depuis mon ancêtre supposé, Gengis Kahn. Une sorte de carburant de base, en somme.

L'effet bénéfique de ma boisson favorite dura quelques heures, participant à l'atténuation recherchée de mon sentiment de culpabilité, ce qui me permit de parvenir enfin à communiquer avec l'entourage de mon ami mort, Pascal, pour réussir à le nommer, et de commenter les causes de sa disparition, sans éviter les critiques habituelles de notre génération vis-à-vis de la médecine en général et des services hospitaliers en particulier.

L'hôpital ayant confirmé que le risque de mort, bien qu'exceptionnel, était possible, et que probablement rien n'aurait pu l'empêcher de survenir, je me sentis un peu mieux.

Mais l'atténuation de mon sentiment de culpabilité fut brusquement éclipsée par une information sidérante, qui me parvint deux jours après la mort de Pascal : celle-ci n'aurait pas été naturelle.

Le médecin venu constater son décès, lorsque la femme de ménage de Pascal le trouva mort le lendemain de son retour de l'hôpital, avait appelé le service qui l'avait opéré, et celui-ci avait confirmé les risques possibles des suites de l'intervention qu'il avait subie. D'où le bruit vite répandu, plusieurs amis en ayant été informés, de cette possibilité qui devait me déculpabiliser.

Mais ce médecin, un vieux de la vieille, un comme on n'en fait plus, cette génération de bons docteurs se déplaçant encore à domicile, en examinant le corps de Pascal, eut des soupçons dont nous ignorions l'origine.

Il demanda une autopsie.

Les enfants de Pascal, il en avait quatre, de deux épouses différentes, arrivés d'un peu partout dans le monde, à l'exception d'une de ses filles qui vivait en banlieue parisienne (c'est-à-dire pas bien loin de son père, parisien comme moi), mais qui fut la dernière à se montrer, furent indignés par cette démarche et demandèrent des comptes à la police, qui bien entendu ne leur donna que de vagues explications, invoquant une enquête en cours.

Le problème fut qu'à partir du moment où la mort de Pascal sembla poser des questions, son téléphone portable fut examiné par la police, et l'heure de ses derniers appels y fut trouvée, ainsi que son dernier destinataire.

Et ce dernier, c'était moi.

Convoquée au commissariat de mon quartier, qui était aussi celui de Pascal (nous étions quasiment voisins, ce qui aggravait mon cas), je m'y rendis dans un état d'hébétude certain, provoqué par l'adjonction d'un tranquillisant à une nouvelle dose de vodka, et je ne devais pas avoir l'air trop normale si j'en crois le regard perplexe des flics à mon arrivée au commissariat.

Mon état assez vague me servit cependant : j'invoquai des insomnies exigeant la prise de somnifères pour justifier le fait de ne pas avoir répondu aux appels de Pascal, dormant trop profondément pour les entendre, d'autant plus que je ne laissais pas mon portable dans ma chambre, convaincue que la Wifi et tous les rayonnements des nouveaux outils de communication étaient nuisibles pour la santé, du moins c'est ce que j'affirmai, et les flics se contentèrent de mon explication, laquelle, si j'avais occupé leur place, m'aurait parue peu convaincante.

En tout cas, l'ambiance restait tendue dans l'entourage du disparu : on attendait pour l'enterrer le résultat de l'autopsie, qui tardait, ce retard alimentant des fantasmes et des conversations en tout genre, et je ne pouvais échapper à cet environnement agité, faisant partie du cercle rapproché des amis qui fréquentaient régulièrement Pascal.

Lorsqu'enfin on connut le résultat de l'autopsie, ce fut une énorme nouvelle surprise : Pascal était mort d'une overdose d'héroïne.

Je le connaissais depuis notre jeunesse. Certes, je l'avais perdu de vue pendant une dizaine d'années pendant lesquelles chacun avait mené sa vie de son côté, mais après nos divorces respectifs nous avions repris une relation occasionnelle, vite devenue purement amicale, l'amitié étant bien plus compatible que l'amour avec des relations durables.

Je n'avais jamais soupçonné qu'il eût pu se droguer, pas plus que cette idée ne sembla effleurer qui que ce soit de son entourage. Du moins c'est ce que chacun affirma, et comme cela correspondait à mon opinion, cela me sembla la vérité.

Les proches se déchaînèrent donc : il s'agissait d'une erreur, on s'était trompé de cadavre, l'autopsie avait été mal faite, et si l'on soupçonnait que quelqu'un l'avait tué, pourquoi n'y avait-il pas une enquête en cours ?

Mais pour la police l'affaire se terminait là : un homme malade, un habitué de l'héroïne, avait refusé de continuer à vivre dans un état de maladie, et s'était sciemment administré ce qu'il fallait pour mourir.

Cette information aurait dû finir de calmer mon angoisse. Ou Pascal s'était suicidé par overdose ou quelqu'un l'avait supprimé par ce moyen, et je n'y pouvais rien.

Mais si Pascal m'avait appelée, la nuit de sa mort, c'est qu'il y avait bien une raison à cela : pour me dire qu'il avait décidé de mourir et peut-être m'entendre le convaincre d'y renoncer, ou bien me signaler l'irruption d'un étranger chez lui. Il estimait donc que je pouvais faire quelque chose. La culpabilité fit un retour massif dans mon psychisme déjà bien éprouvé.

On enterra Pascal. Dans le cimetière de son village natal, en Sologne. Auprès de ses parents et grands-parents. Messe, enfants de chœur, vieux curé, famille en noir, larmes, bises et mains serrées. Un froid soleil d'hiver éclairait la scène d'une lumière pâle.

Je n'étais plus habituée à ce genre de cérémonie, mes amis se faisant incinérer et demandant de disperser leurs cendres dans des lieux parfois insolites, mais je trouvai un charme désuet à cette cérémonie qui calma un temps mes remords.

Au rassemblement, genre apéritif, qui eut lieu dans un bistrot du village, après les premiers moments où le silence et l'émotion du cimetière se prolongèrent, les conversations s'animèrent et le questionnement sur la mort de Pascal reprit, comme si le fait qu'il réside maintenant sous la terre n'avait pas fait disparaître sa présence, lui donnant même une importance accrue.

- Est-ce que vous avez vu la fille derrière les arbres, qui regardait vers nous ? dit soudain l'un des convives.

- Où ça ? demandèrent plusieurs personnes.

- Au cimetière, bien sûr. Derrière la haie de sapins.

- Non, dirent plusieurs voix.

- Oui, dirent d'autres.

- Quel genre ? demanda un copain d'une voix un peu colorée par le vin rouge qui coulait à flots.

Des rires se firent entendre, comme en souvenir des fêtes joyeuses que Pascal aimait organiser, ce que ses enfants ne semblèrent pas apprécier.

- Genre Pascal, s'obstina cependant un autre ami, visiblement favorable à recréer l'ambiance des fêtes passées. Blonde, jeune, apparemment bien roulée, lunettes noires, très film policier des années 70, où la jeune maîtresse inconnue de la famille, donc pas invitée, vient saluer de loin son amant mort.

- Ou alors une femme flic qui vient observer les participants pour essayer d'identifier l'assassin.

- D'abord, dans les films, ce sont des mecs, les flics, et ils viennent à plusieurs, dit un autre.

- Oui, mais aujourd'hui, on n'est pas dans un film, hélas ! dit une des filles de Pascal, la mère de famille de la banlieue parisienne. Mon père est mort, et ça ne me fait pas rire.

- Mon père n'était pas un drogué, c'est impossible, enchaîna son fils aîné, cadre dans la banque, quelque part entre Hong-kong et Singapour.

- Qu'est-ce que tu en sais ? intervint une autre fille de Pascal, dont je savais qu'elle vivait à Londres. Tu n'as pas dû le voir depuis au moins dix ans.

- Fermez-là ! La dernière fille de Pascal, sa préférée, dreadlocks, bonnet enfoncé jusqu'aux yeux et jeans troué, était la seule à avoir les larmes aux yeux. Aucun d'entre vous ne s'est soucié de lui depuis longtemps. Moi, à chaque retour de mes missions, je passais une ou deux semaines avec lui. Toi, en revanche, et pourtant Londres, ce n'est pas loin, tu ne devais pas le voir souvent non plus.

- Ouais ! Le beau prétexte des ONG pour se tirer au bout du monde ! reprit la première fille.

Nous, les amis, on se sentait gênés. On s'était éloignés de la famille qui semblait régler de vieux comptes, et rassemblés autour du bar, ce qui, consciemment ou pas, devait nous donner le sentiment de nous rapprocher de Pascal, notre ami bon vivant, mais maintenant bien mort.

- La police a conclu un peu vite, non ? émit un des amis de Pascal.

- Oui, c'est aussi mon impression, dit un autre.

- Mais on ne peut rien faire. Il n'y a pas d'enquête prévue. Pour les flics, c'est bouclé.

- Pascal picolait bien. Mais la drogue, ça n'avait vraiment pas l'air d'être son truc.

Encore une fois, cette fin imprévue nous interpellait : elle ne collait pas avec ce que nous savions de Pascal, les uns et les autres.

On finit par se quitter, visiblement à regret. Certains décidèrent de prolonger la journée ailleurs, histoire de boire encore un coup à la mémoire de Pascal. Je refusai de me joindre à eux, je ne me sentais toujours pas fière de moi.

Je marchai vers ma voiture. Un épais brouillard s'était installé sur la campagne, comme une chape de tristesse tombant sur nos vies déboussolées. J'avais hâte de regagner Paris, de retrouver les lumières de la ville et mon appartement bien chaud. Et de tenter d'oublier ces instants d'autant plus difficiles que je m'en sentais en grande partie responsable, malgré mes efforts pour tenter de me raisonner.

J'étais en train de monter dans ma voiture lorsque la porte côté passager s'ouvrit brusquement et que je vis s'installer à côté de moi une jeune femme qui, je le sus aussitôt, devait être celle dont parlaient mes amis il y a quelques heures, celle qu'ils avaient aperçue derrière les sapins au cimetière.

- Démarrez vite ! Je ne veux pas que les autres me voient !

Je m'exécutai sans réfléchir, tant la surprise m'empêchait de réagir. Mais une fois la voiture en marche, je me repris vite :

- Où allons-nous ? Et d'ailleurs qui êtes-vous et que me voulez-vous ?

70

- On va chez vous. Je répondrai à vos questions. Faites plutôt attention au brouillard.

Je le fis, la nuit étant tombée et le brouillard s'étant intensifié. J'essayai à plusieurs reprises de la questionner, mais elle refusa de répondre.

- Plus tard, chez vous, répétait-elle.

La situation paraissait irréelle. J'étais impatiente de rejoindre l'autoroute, où la circulation et l'éclairage m'aideraient à réintégrer la réalité : la présence de cette femme inconnue et autoritaire à mes côtés semblait insensée, ajoutée à l'étrangeté de la mort de Pascal et à cette journée de funérailles insolite.

J'aurais pu la débarquer à la première station-service où je m'arrêtai pour faire le plein.

Mais en même temps, presque inconsciemment, je devais espérer qu'elle me donnerait des explications qui me libéreraient de ma culpabilité : je fis donc ce plein sans la jeter de ma voiture.

- Vous ne m'avez pas poussée dehors, vous devez être curieuse de savoir pourquoi je suis là ! Mais même si vous l'aviez fait, vous devez aussi savoir que je vous aurais retrouvée. Vous comprenez bien que je ne suis pas montée dans votre voiture par hasard.

Ses propos avaient quelque chose de dur, presque menaçant, ce qui me fit me sentir encore plus coupable que je ne l'étais déjà.

- Comment savez-vous où j'habite ? lui demandai-je.

- Je le sais, c'est tout.

- Et si je refusais de vous faire entrer ?

- Je ferais savoir à tous vos amis que Pascal vous a appelée à trois heures du matin.

- C'est déjà une chose connue. Je m'en suis expliquée avec la police.

- Peut-être. Mais pas avec vos amis. Les amis de Pascal. Sa famille.

- Mais vous, comment le savez-vous ?

- J'y étais. J'étais chez lui.

La circulation était quasiment stoppée, on arrivait au péage. J'étais stupéfaite de cette déclaration, et le ralentissement de la circulation me permit de me tourner vers la fille et de la regarder vraiment pour la première fois.

Elle était jolie. Pas la minette comme Pascal les aimait en général. Pas non plus la blonde fantasmée par les amis au cimetière : de longs cheveux châtains (elle avait enlevé un béret clair qui les maintenait, peut-être était-il la raison de la description des amis), un teint hâlé, de grands yeux noirs, une femme du Moyen-Orient peut-être.

- Mais qui êtes-vous donc ?
- Regardez devant vous ! Trop risqué pour en parler ici !
- Trop risqué pour qui ?

Elle ne répondit pas.

Arabe ? Musulmane ? Terroriste ? Peut-être était-ce elle qui avait tué Pascal ? Je m'en voulus aussitôt d'avoir assimilé son aspect physique à la possibilité d'un acte terroriste, ce qui devait traduire un racisme sous-jacent dont je me serais défendue bec et ongles si quelqu'un l'avait évoqué.

Mais si Pascal avait été assassiné, comme le bruit en courait, on pouvait quand même se poser cette question, pensai-je, sans plus trop me chercher d'excuses. Mais pourquoi donc l'aurait-il été ? Il était peu politisé. Il parlait rarement des conflits qui secouaient le monde, des attentats qui avaient bouleversé la France, je ne crois pas qu'il était indifférent, mais il n'était plus le jeune homme fougueux, engagé dans la défense du pauvre et de l'opprimé que j'avais connu autrefois. Il était devenu un bon bourgeois paisible, plus soucieux, en tout cas en apparence, de chercher un bon restaurant de fruits de mer que de s'interroger sur le destin de l'univers.

À vrai dire, je ne savais plus grand-chose de lui : notre relation consistait désormais en apéritifs dînatoires, en soirées de jazz parfois, en visionnage de quelques films de préférence chiliens, japonais ou coréens, en référence aux voyages de sa vie passée d'ingénieur, rien de bien significatif en somme.

J'arrivai devant chez moi. Je me garai. La fille sortit de la voiture. Elle marcha vers ma porte d'entrée sans hésiter : elle savait parfaitement où j'habitais. Nous entrâmes dans l'immeuble. Je ne crois pas avoir eu peur : après tout, cette belle femme avait des choses à dire et je voulais les entendre, peut-être, encore une fois, égoïstement, pour tenter de me disculper à mes yeux.

Dans l'ascenseur, personne ne parla. Son parfum avait des senteurs de santal et d'ambre. En temps ordinaire, j'aurais apprécié.

Chez moi, elle n'enleva pas son manteau, refusa une boisson et, posée du bout des fesses sur un fauteuil, m'asséna une information inattendue, comme toutes celles qui concernaient la mort de Pascal, mais encore plus incroyable :

- Je suis la fille de Pascal.

Je connaissais tous les enfants de Pascal, mais celle-ci, j'ignorais son existence, si ce fait était réel, ce dont je doutai.

- Mais je connais tous ses enfants, et même ses deux ex-épouses...

- C'est sûr que vous ne connaissez pas ma mère : elle était Afghane et elle est morte.

- Ah ! (Un peu court, mais c'est tout ce que je trouvai à dire). Mais vous avez quel âge ?

- Vous essayez de voir laquelle de ses épouses Pascal trompait ? Ou vous, peut-être ? Je vous le confirme, il vous a toutes trompées, et ma mère aussi, qui pourtant croyait en lui comme seule une femme d'une autre culture, confiante et innocente, peut croire en un Européen. Car elle l'a laissé lui faire un autre enfant, mon frère. Et lui avait la haine de ce père de passage.

- De passage ?

- Oui, il est venu à Kaboul en mission plusieurs fois. Presque à chaque fois, il a mis ma mère enceinte. Elle ne prenait aucune précaution. Je ne crois même pas qu'elle savait que c'était possible.

- Mais vous, vous vivez ici, en France, non ? Vous parlez parfaitement la langue...

- Et je n'ai pas l'air d'une sauvage, je suis tout à fait convenable, peut-être même éduquée, c'est ça ?

- Enfin... Oui, c'est un peu ça.

- Mon père m'a fait venir à Paris, il m'a installée dans un appartement, payé des études. Quand ma mère est morte dans un attentat kamikaze au marché, à Kaboul, j'étais encore enfant. Il m'a recueillie. Il a été parfait. Mais personne ne devait connaître cette histoire. C'est une sorte de nourrice qui m'a élevée, dans l'appartement qu'il avait acheté pour moi. Mais je le voyais souvent.

- Personne ne s'est douté de rien !

- Non, mais moi je vous connais tous. Il me parlait de sa vie ici, de ses femmes, de ses enfants, de ses amis, de ses goûts, des livres qu'il lisait, des spectacles auxquels il assistait. Ici, à Paris, on sortait rarement ensemble, mais on a voyagé, on a fait du bateau en Grèce, on a traversé la Manche plus d'une fois, on a campé dans les îles Anglo-Normandes, il m'a donné une très belle existence. J'étais sa préférée, avec sa dernière fille officielle, celle des dreadlocks, que j'aurais aimé connaître, mais il s'y opposait.

À ce stade de la conversation, je doutais toujours de la véracité de son récit, malgré les larmes qui avaient envahi ses yeux pendant qu'elle me racontait ses souvenirs. Il est vrai que la découverte d'une face inconnue de Pascal était décidément difficile à envisager.

Je décidai de marquer une pause et elle se prêta à mon souhait de reprendre mes esprits, voulant peut-être, elle, reprendre son souffle : elle avait raconté son histoire à toute vitesse, comme pour s'en défaire ou comme un texte appris dont on ne veut rien oublier, pensai-je, ou encore pour préparer la suite de son récit afin qu'il soit vraiment crédible.

Je lui proposai à nouveau quelque chose à boire et elle accepta du thé. Elle enleva même son manteau. Elle était très mince, presque maigre, et j'eus, étrangement, une sorte de bouffée d'affection pour cette fille qui me menait peut-être en bateau ! Ou bien elle jouait très bien son rôle de fille aimante ou bien sa mélancolie n'était pas feinte.

Elle se reprit vite. Sa voix retrouva un peu de la dureté qu'elle avait manifestée avant d'évoquer sa relation avec Pascal :

- La nuit où il est mort, il vous a appelée parce qu'il voulait se réfugier chez vous. Il voulait que je l'y conduise.

- Se réfugier ? Mais pourquoi ?

- Il se savait menacé. Moi, j'étais chez lui depuis le matin, pour rester avec lui après son intervention chirurgicale. Je savais qu'aucun de ses amis, aucune de ses copines, n'avait voulu le faire.

- Mais qui le menaçait ? Il semblait mener une vie tellement, comment dire ? Pépère.

- Oui, il trompait bien son monde. Vous tous, mais aussi ma mère, la pauvre ! Et ça, mon frère ne lui a pas pardonné. Lui, il l'a laissé à Kaboul. C'est un de mes oncles qui l'a élevé. Un oncle très religieux, qui a entretenu la haine de mon frère à l'égard de notre père. Je ne sais d'ailleurs pas si ce n'est pas cet oncle qui est responsable de la mort de ma mère, sa sœur, à laquelle il n'a jamais pardonné sa liaison avec Pascal. Certaines coïncidences le laissent penser, mais c'est difficile à prouver, et même si cela l'était…

- Comment vous appelez-vous ? On parle depuis longtemps, vous me connaissez, et moi, je ne sais même pas votre prénom !

- Zaynat, le bijou précieux du père. En France, on m'appelle Laure. C'est mon deuxième prénom.

- Celui de la mère de Pascal. Il l'adorait.

- Ah ! Je ne le savais pas.

Un instant sa voix sembla d'adoucir, mais elle reprit aussitôt ses intonations dures pour m'asséner :

- C'est mon frère qui l'a tué. Mon frère Arman.

Je gardai le silence. Étais-je dans un cauchemar ? Je me servis un verre de vodka. Zaynat-Laure ne sembla pas surprise que je délaisse le thé.

- Il y a longtemps qu'il menaçait mon père de mort. Lui, pendant longtemps, n'a pas pris ses menaces au sérieux. Il m'a chargé plusieurs fois de lettres et d'argent pour le calmer. Arman savait que depuis que notre père avait commencé à venir en Afghanistan il consommait de la drogue. Je n'ai jamais eu de détails sur son travail à Kaboul, mais je crois qu'à côté de son job officiel d'ingénieur, il avait à voir avec le renseignement, l'espionnage. D'où, peut-être, sa personnalité multiple. À moins que ce ne soit l'inverse et que ce soit sa nature complexe qui lui ait fait choisir ce type de travail. En tout cas je crois qu'il essayait, grâce à ses contacts, de faire surveiller Arman, pour qu'il ne tourne pas mal. Je veux dire fanatique.

- C'est incroyable ! Vous me racontez un autre Pascal. Un inconnu.

- Oui, je sais.

À nouveau un long silence.

- Cette nuit-là, j'étais donc chez lui pour qu'il ne reste pas seul, comme l'avait demandé l'hôpital, et nous ne dormions pas. Il regrettait ce soit moi qui assume ce qu'il estimait être une corvée, mais moi j'étais heureuse de pouvoir être avec lui. Il m'a parlé de sa vie, de ses voyages, de ma mère, de ses regrets de ne pas l'avoir protégée, d'Arman qu'il s'en voulait d'avoir laissé à son oncle. C'était terrible parce qu'il ne m'avait jamais parlé de tout ça de cette manière-là, et ça ressemblait à un testament, un ultime témoignage sur une vie dont j'ignorais tout un aspect. En somme, tous, y compris moi, avons ignoré des pans de son existence. Mais pas tous les mêmes.

Il était presque trois heures du matin quand il a reçu un coup de fil. Sur un de ses portables, qu'il m'a ensuite demandé de prendre et de jeter s'il lui arrivait quelque chose.

C'est à ce moment-là qu'il m'a demandé de l'aider à s'habiller, qu'il a déclaré qu'il fallait qu'on parte, et qu'il a commencé à vous appeler.

-Va chercher la voiture au parking, et viens me prendre, on va aller chez Anne. Elle m'a dit de l'appeler si j'avais un problème. Pour l'instant, elle ne répond pas, elle doit dormir. Je la rappelle, file ! Anne, c'est bien vous, n'est-ce pas ?

Je ne répondis pas. Je n'avais rien à répondre. Le cauchemar était devenu la réalité.

- Quand je suis revenue le chercher, il était à demi conscient. J'avais mis du temps à récupérer la voiture, je ne la trouvais pas dans l'immense parking où elle était garée. Il murmurait votre prénom. Il avait une seringue fichée dans le bras. Le bras de l'anesthésie, qui portait déjà la trace de l'injection faite à l'hôpital. J'ai retiré la seringue tout doucement, je ne voulais pas qu'on sache qu'il se droguait. Je l'ai mise dans mon sac, pour la jeter. La grosse marque sur le bras était celle de l'anesthésie. Je pensais qu'on en resterait à l'idée que l'opération comportait un risque, qu'on ne tiendrait pas compte de la trace de piqûre au creux du bras.

- Mais comment êtes-vous sûre qu'il ne s'est pas injecté lui-même l'héroïne ? C'est peut-être pour cette raison qu'il vous a éloignée, en vous demandant d'aller chercher sa voiture ?

- Parce que j'ai vu Arman dans la rue. Lui ne m'a pas vue, il courait. Il était avec un autre homme. Et la porte de l'appartement était ouverte quand je suis remontée.

- Mais comment votre frère pouvait-il savoir que votre père était là, affaibli, et qu'il était seul à ce moment-là ?

- Je ne sais pas. Peut-être est-ce lui qui avait appelé mon père, avant qu'il me dise qu'on allait chez vous.

- Mais vous avez le téléphone avec lequel il a répondu, non ?

- Non. Je l'ai jeté dans la Seine. Mon père me l'avait demandé. Si son vieux médecin n'avait pas eu l'intuition de quelque chose d'anormal, on en serait restés là.

- Mais même si j'avais répondu au téléphone, vous dites qu'il a été agressé pendant que vous étiez partie chercher la voiture. Quand vous êtes revenue, il était déjà dans un sale état. Je n'aurais pas pu empêcher cette mort !

- Vous m'auriez aidée à le transporter, on serait allés chez vous, on aurait peut-être pu le sauver. Et il parlait encore. Il m'a donné ses instructions pour jeter son autre portable ainsi que la seringue. Et s'il était mort chez vous, le médecin de famille ne serait pas venu chez lui à l'appel de la femme de ménage. Personne n'aurait su qu'il se droguait.

- Mais vous n'aviez qu'à appeler vous-même les urgences, depuis chez lui.

- Il ne le voulait pas. Il continuait à murmurer qu'il fallait aller chez vous. Je crois qu'il avait ses raisons.

- C'est insensé ! Je ne peux pas le croire ! Et puisque vous dites que c'est votre frère qui l'a tué, pourquoi ne pas aller à la police et raconter la vérité ?

- Ah ! Vous êtes bien française ! Pour vous, c'est aussi simple que ça. Mais Arman est mon frère, nous avons les mêmes parents, nous avons le même sang ! Je ne peux pas le dénoncer !

- Alors pourquoi êtes-vous venue tout me raconter, si vous ne voulez pas que ça se sache ?

- D'abord parce que vous ne direz rien. Qui vous croirait ? Et si l'on vous croyait, cela rendrait encore plus grave le fait que vous n'ayez pas répondu à son appel. Et vous n'avez plus l'âge de perdre tous vos amis, votre vie de quartier, vos habitudes. C'est trop tard pour recommencer une nouvelle existence. Or c'est ce qui vous arriverait.

- Vous voulez me punir de quoi ? De mon silence ? De mon indifférence à son appel ? Vous vous trompez, mes amis me pardonneraient ! Je ne comprends pas pourquoi vous réglez des comptes avec moi au lieu de les régler avec votre frère.

- Parce que vous avez fait souffrir mon père.

- Quoi ? Comment ça ? Qu'est-ce que vous racontez là ?

- Quand vous aviez vingt ans, vous étiez ensemble, vous étiez très amoureux, et vous l'avez quitté pour vous marier avec un autre.

- Mais oui ! Il ne voulait pas m'épouser ! C'est lui qui ne voulait pas de moi !

- Il voulait que vous attendiez quelques années. Il tenait à finir ses études. Il voulait avoir un métier et gagner assez d'argent pour vous donner une belle vie ! Mais vous avez préféré un type déjà riche ! Il a souffert comme on souffre à cet âge-là. Il a pensé mourir.

- Mais ça a toujours été un grand dragueur ! Il s'est très vite consolé, croyez-moi ! Encore une fois, j'ai l'impression que vous me parlez d'un autre homme que celui que j'ai connu ! Et puis quand on s'est revus, bien plus tard, après ses divorces, après le mien, on a été à nouveau amants, de temps en temps, à l'occasion, quand il n'avait pas de nouvelle conquête en vue, sans scènes, sans jalousie, tranquillement, jusqu'à ce que tout cela se transforme en une belle amitié. Vous ne savez pas de quoi vous parlez. Vous êtes trop jeune pour comprendre.

- Taisez-vous ! C'est faux ! Encore la dernière nuit, celle de sa mort, il m'a raconté combien il avait souffert, qu'aucune autre femme ne vous avait remplacée, que c'est à cause de cette rupture qu'il était devenu un dragueur impénitent, ma pauvre mère est une conséquence de cette situation, et je vous en veux aussi de cela, d'avoir fait de cet homme un chasseur sans espoir, et même un drogué ! Et c'est votre prénom qu'il murmurait au moment de mourir. En fait, c'est vous qui l'avez tué, pas Arman !

- Vous êtes folle ! Allez-vous-en !

- Et maintenant, j'ai une autre nouvelle pour vous, une autre raison de tout vous raconter : Arman va vous tuer, vous ! Il en voulait à notre père, mais il connaît votre histoire, nous en avons souvent parlé, et il vous hait encore plus ! Je suis triste d'avoir perdu mon père, mais à tout prendre c'est une mort douce qu'il a connue, une mort qu'il aurait choisie s'il avait eu la possibilité de le faire. Cette mort-là lui a sûrement épargné bien des souffrances à venir, je sais que cette première intervention n'était que le début d'un long et pénible parcours médical, alors je ne hais pas Arman. Et rien de tout cela ne serait arrivé si vous aviez attendu mon père pour l'épouser. C'est donc vous la coupable.

- Mais taisez-vous ! Vous êtes vraiment folle ! Sortez d'ici ! Allez-vous-en !

- Oui, je m'en vais. Mais je voulais que vous sachiez ce qui vous attend. Vous allez avoir peur tout le temps, parce que vous ne savez pas quand cela arrivera, et cette peur-là vous tuera peut-être même avant qu'Arman ne vous tue ! Adieu, Madame !

Une porte fut claquée. Puis une autre. Puis ce fut le silence.

Il était deux heures du matin. Dehors, il pleuvait. La pluie rebondissait sur le rebord des fenêtres, les gouttières déversaient un flot continu, d'ordinaire ce bruit me rassurait : la nature était bien là, même au cœur de la ville, comme une manifestation toujours recommencée d'une vie parallèle à la nôtre, sur laquelle nous n'avions aucun pouvoir, et qui dépendait d'aléas climatiques qui nous échappaient, même s'il se disait désormais que nous étions nous aussi responsables de ses modalités.

Je tentai de réfléchir à ce que j'avais entendu, et qui me paraissait invraisemblable et en même temps plausible : un acte accompli il y a des années, presque une éternité, la simple fin d'une histoire d'amour, aurait provoqué des dégâts en cascade, des drames, des morts, et menaçait même ma propre existence, comme un effet papillon venu du fond de mon histoire ?

Il n'y a rien à faire devant une situation qu'on n'a jamais imaginée, sinon l'accepter sans tenter de résister à cette part d'inconnu qui bouleverse toutes nos certitudes, tout notre savoir, qui remet en cause notre capacité de raisonner, de comprendre. Rien à faire que rester là, devant la chose, et la regarder. La regarder, le cœur battant, comme on regarderait un fantôme ou un martien.

Ainsi passa la nuit jusqu'au matin blême qui finit par s'installer dans mon appartement et qui me le montra laid et froid, ayant perdu l'aspect chaleureux, réconfortant, que je lui attribuais jusqu'alors.

Allais-je pouvoir continuer à vivre ainsi, déchirée par une histoire qui m'avait semblé invraisemblable et qui était peut-être ma vérité ? Ma seule et unique vérité ?

Une fatigue intense m'engourdit. J'espérai encore, brièvement, que le sommeil me révélerait, au réveil, que tout cela n'était qu'un mauvais rêve. Je sombrai dans un état étrange où le réel et l'imaginaire se confondaient, j'allais me laisser emporter par une vague d'inconscience quand j'entendis une porte s'ouvrir, puis une autre, et des pas sur le plancher. Il y eut un bruit de talons. Zaynat revenait-elle ? Était-ce elle, en réalité, qui voulait me tuer ? Elle qui avait tué Pascal ? Était-il vraiment son père ? Arman était-il une pure invention de sa part ?

Personne n'eut jamais les réponses à ces questions.

Il y avait eu un grand bruit, une lueur vive, et puis plus rien.

Recette d'un crime parfait

Caroline Lorgeoux

Février 1996

Ça y est j'avais enfin trouvé l'appartement de mes rêves. Ce n'était qu'un modeste deux-pièces au cinquième étage d'un vieil immeuble, avec un balcon filant. Mais il s'agissait d'un immeuble haussmannien, un vrai, en pierres de taille. Et l'adresse était assez prestigieuse, ce qui pouvait s'avérer utile, on ne sait jamais. En effet de mon balcon, la fameuse avenue Foch, la rue la plus chère du Monopoly, m'offrait une perspective privilégiée sur les allées cavalières du Bois de Boulogne, et flattait mon ambition de me faire un nom dans la capitale. Comme Rastignac, j'avais envie de m'écrier : « A nous deux, Paris ! » Je payais un loyer plutôt raisonnable en échange de quelques menus travaux de modernisation, car sa propriétaire souhaitait le vendre à plus ou moins long terme.

J'ai d'abord commencé, en accord avec cette dernière, par me débarrasser des quelques meubles usés et démodés qui enlaidissaient et étouffaient l'appartement. Adieu le lit cosy en contreplaqué, l'armoire bancale qui menaçait de s'effondrer et la table en formica de la cuisine avec ses chaises dépareillées. Je faisais place nette.

Je me suis ensuite attaché à effacer toutes les traces de l'ancien locataire. Pendant deux jours, j'ai lessivé, frotté, lavé, décapé, ciré, astiqué, repeint les pièces du sol au plafond. Mon prédécesseur n'était pas très soigneux, c'est le moins que l'on puisse dire. Le parquet était constellé de taches suspectes et de petites brûlures de cigarettes. Les murs avaient gardé la trace noirâtre des anciens tableaux accrochés et le plafond était jaune de nicotine. La cuisine suintait la crasse grasse. Quant à la salle de bain, c'était un vrai cauchemar. Des moisissures s'étaient nichées dans les moindres recoins, le siphon de la douche était engorgé de poils et de cheveux en une masse compacte et gluante, l'émail des toilettes disparaissait sous le tartre.

J'avais revêtu une combinaison jetable que je m'étais procurée dans un magasin de bricolage, de celles qu'utilisent les médecins légistes dans les films américains. Et j'avais enfilé des gants ainsi qu'un masque chirurgical en papier pour éviter toute souillure. Mais plus d'une fois, j'ai failli renoncer et jeter l'éponge - si je puis dire – tellement cela me dégoûtait.

Les émanations corporelles de mes dissemblables m'étaient une torture. Ainsi, me déplacer en métro, dans ces wagons suant et puant la promiscuité, la saleté, la fatigue, la médiocrité et la misère du quotidien, était une épreuve devenue au-dessus de mes forces. Une épreuve qui m'inspirait une haine du genre humain de plus en plus irrépressible. J'ai donc vite abandonné les transports en commun, même s'il me fallait plus d'une heure de marche intensive pour me rendre à mon travail. J'avais heureusement réussi à décrocher un emploi temporaire qui m'épargnait trop de contacts avec les autres. J'étais gardien de nuit dans un hôtel de luxe, un lieu dans lequel les gants blancs et une distance courtoise et discrète étaient encore de mise.

Finalement je suis quand même venu à bout de ce grand nettoyage, de cette épuration essentielle, condition sine qua non de mon installation dans les lieux. Il était hors de question que je passe une seule nuit dans une pièce encore imprégnée des miasmes d'un autre. Il me fallait un local immaculé, cliniquement propre, dans lequel je pourrais y imprimer éventuellement ma propre présence, une présence que je voulais légère, évanescente. Presque aussi insaisissable qu'un souffle.

Dans les jours qui ont suivi mon installation j'ai passé de longues heures à rechercher la manière dont je voulais remeubler les lieux, selon le principe du *Less is More* des minimalistes, ou plutôt dans l'esprit du Ma auquel j'adhérais complètement. Les Japonais, qui vivent si nombreux sur un espace restreint, ont en effet développé toute une philosophie sur l'organisation de cet espace, sur le vide et la juste distance à adopter dans les relations interpersonnelles, avec notamment des règles de politesse subtiles et raffinées excluant le toucher. Voilà qui me conviendrait tout à fait ! Pour ne pas saturer mon espace de vie, je me décidai finalement pour un simple futon et quelques nattes. J'achetai également une grande planche en chêne massif pour fabriquer un bar-plan de travail-coin-repas, ainsi que deux tabourets hauts. Rien sur les murs, un éclairage simple et discret diffusant une lumière tamisée. Un intérieur dépouillé, à l'harmonie parfaite, idéale, voilà ce que je visais. L'aménagement de l'espace considéré comme un art. Une esthétique du vide qui me permettait d'adapter le lieu en fonction de mes besoins du moment.

Ma propriétaire est venue un soir constater l'avancement des travaux. C'était une femme entre deux âges, assez corpulente, avec un décolleté généreux qu'elle mettait en valeur dans des tailleurs bien coupés. Sous son vernis de grande bourgeoise un peu hautaine, on devinait des origines plus modestes qu'une détermination sans faille et un grand appétit de vivre avaient permis de dépasser. Mais malgré les séances hebdomadaires chez le coiffeur et la manucure, malgré les vêtements coûteux et le langage châtié, policé, corseté, malgré enfin les visites appliquées des expositions en vue et les sorties à l'opéra, elle n'avait pas réussi à perdre une certaine familiarité provinciale dans ses rapports avec les gens. Elle se tenait trop près de moi, envahissant, violant de façon irritante, insupportable, ma sphère intime. Tout en moi se hérissait à son approche, mais je parvenais tant bien que mal à lui donner le change et à répondre aimablement à ses questions. Elle m'a souri, apparemment ravie du nouvel aspect de l'appartement et s'est avancée vers le plan de travail pour observer de plus près ce que je faisais. J'étais en train de cuisiner une recette de mon invention, découpant les morceaux de viande et de légumes en morceaux minuscules, mariant épices et herbes aromatiques divers et colorés.

Elle s'est exclamée sur leur parfum qui lui mettait, disait-elle, l'eau à la bouche.

Je l'avais haïe dès que je l'avais rencontrée. Mais elle, elle ne voyait en moi qu'un jeune homme prometteur, travailleur, et discret qui plus est. Veuve depuis peu et à l'abri du besoin grâce à la retraite confortable de son mari ancien haut gradé de l'armée, elle s'ennuyait ferme chez elle, dans les pièces immenses de son logement à l'étage « noble », le deuxième étage. Elle s'était entichée de moi et s'était mise à monter régulièrement chez moi pour rompre sa solitude. Nous partagions alors le repas que j'avais mitonné. Je lui faisais penser à son fils, disait-elle, son fils qui était reparti « au pays » et qui lui manquait tant.

- Ainsi vous êtes un artiste, disait-elle. C'est fascinant. Mon fils travaille aussi dans le milieu culturel, mais lui a choisi de retourner s'enterrer dans son trou. Alors que tout se passe à Paris, vous n'êtes pas d'accord avec moi ? C'est une ville tellement exaltante, inspirante, si riche d'histoire et de possibilités artistiques…

Elle arrivait, légèrement essoufflée, alors que l'ascenseur, bien que poussif et grinçant, la déposait juste devant ma porte. Je voyais qu'elle s'était apprêtée. Le rouge à lèvres était fraîchement apposé et ses cheveux sentaient la laque. On aurait presque dit une jeune fille accourant à un rendez-vous amoureux. Ses yeux brillaient d'excitation. Elle découvrait avec un plaisir gourmand toujours renouvelé les nouvelles saveurs que je lui réservais.

Étrangement, alors que tout contact physique et charnel me révulsait, j'éprouvais une volupté presque perverse à malaxer les aliments, notamment les morceaux de viande crue, de mes mains nues, les étirant, les déchirant, les découpant et les façonnant à ma guise pour les transformer en œuvres d'art pour le palais.

(…)

Février 2016

« Ce soir 28 février 2016, nous recevons dans « In-quarto », l'émission littéraire de Radio Grand Ouest animée par Yannick Le Gwen, le célèbre auteur de romans policiers François Penboch. »

- François Penboch, heureux de recevoir un « enfant du pays », car vous êtes originaire d'Arradon, près de Vannes, n'est-ce pas ?

- Tout à fait, Yannick, et je crois que nous sommes presque voisins d'ailleurs.

- Oui, c'est vrai. Alors, François Penboch, aujourd'hui sort en librairie votre dernier roman, très attendu, qui met en scène un crime parfait. Tout d'abord, qu'est-ce qu'un crime parfait pour vous ? Comment le définiriez-vous ?

- Un crime parfait c'est, bien sûr, un crime dont on ne retrouve jamais l'assassin, ou alors dont on ne retrouve pas l'arme du crime. Comme dans *Le coup de gigot*, la nouvelle de Roald Dahl, dans laquelle l'arme se révèle être un gigot congelé que les policiers finissent par manger en pot-au-feu préparé par l'assassin. Mais surtout, pour moi un crime parfait est celui dont on n'a aucune raison de retrouver un jour l'assassin, pour la simple et bonne raison qu'il s'agit d'un crime gratuit.

- Expliquez-moi...

- Eh bien, un crime gratuit est perpétré sans aucune raison, sans mobile, ni pour le sexe, ni pour l'argent, ni par vengeance, ni même par folie si on pense aux psychopathes si présents aujourd'hui dans les thrillers. L'assassin n'est même pas censé connaître sa victime. Il s'agit d'un crime commis « pour l'amour de l'Art » !

- Mais comment peut-on comparer un assassinat à une œuvre d'art, quand le premier ravale l'homme au rang d'animal

85

obéissant à ses instincts les plus primaires, alors que la seconde sublime l'être humain ?

- Ce qui lie les deux, c'est leur gratuité. Mais j'aurais très bien pu dire « pour l'amour de la Science », car il s'agit aussi d'une expérience.

- Je vois. Laissez-moi rappeler aux auditeurs ce dont il s'agit. Je me permets de dévoiler l'intrigue, car plus qu'aux faits, et c'est ce qui fait l'intérêt et l'originalité de l'œuvre, vous vous attachez surtout à creuser la personnalité complexe et torturée de votre meurtrier. Et effectivement vous élaborez toute une réflexion, à la suite de Thomas de Quincey dans *De l'assassinat considéré comme un des beaux-arts,* sur l'aspect esthétique du crime. Votre roman donc, décrit jour par jour, heure par heure, l'agonie d'une femme qui meurt d'une crise cardiaque, étouffée par la nourriture qu'elle ingère à trop haute dose.

- Oui. Elle n'est jamais contrainte, c'est par plaisir, par gourmandise, qu'elle dévore les plats très hautes calories et très gras que lui prépare son futur assassin. Et c'est pour cela qu'à aucun moment l'intention meurtrière ne sera soupçonnée. Car il s'agit bel et bien d'un meurtre, l'assassin s'ingéniant à cuisiner les mets les plus lourds, les plus indigestes qui puissent exister : gras double, andouillette lyonnaise, et autres confits à la graisse d'oie..., alors qu'il a eu connaissance de sa faiblesse cardiaque.

- Mais justement, elle aurait dû se méfier, non ?

- Non, car elle avait totalement confiance en cet homme, son locataire, qu'elle avait fini par considérer un peu comme son fils. Et puis il mangeait, ou faisait semblant de manger avec elle. Or la nourriture partagée fait naître des liens. Offrir à manger, c'est un peu faire un don de soi. Comment se méfier de la main qui vous nourrit ?

Le journaliste parut soudain mal à l'aise, et son ton sembla moins assuré, comme si une idée désagréable venait de lui traverser l'esprit. Il se tut même pendant quelques secondes. Mais il se reprit vite. À la radio, on n'a pas le droit au silence.

- J'en reviens à votre notion de crime gratuit. Cet homme donc, n'avait aucune raison de tuer sa propriétaire. Pourquoi l'avoir fait alors, et pourquoi elle ?

- Vous connaissez certainement ce film de Marco Ferreri qui a fait scandale dans les années 70, dans lequel Michel Piccoli se suicidait par la nourriture…

- Oui, *La Grande Bouffe* ?

- C'est cela. Ce film m'avait vraiment impressionné et j'ai toujours voulu savoir si on pouvait vraiment mourir d'une overdose de plats cuisinés en si peu de temps – dans le film, l'action dure le temps d'un week-end. Or, la première fois que j'ai vu ma propriétaire, sa ressemblance avec Andréa Ferréol, qui joue dans le film, m'a frappé. Et c'est alors que l'idée a germé dans mon esprit.

- Vous voulez dire, je suppose, l'idée de mettre cette histoire en scène dans un roman policier ?

- Euh…, oui bien sûr. Ce qui me plaisait surtout c'est l'idée que le meurtrier n'avait aucune raison de s'attaquer à sa propriétaire qui était tout à fait aimable, et avec qui il n'avait jamais eu aucun problème. Et puis vous avez ici un peu le même schéma que dans la nouvelle de Roald Dahl dont je vous parlais précédemment. Pas d'arme du crime. Pas de mort aux rats, d'arsenic ni rien d'aussi sophistiqué que d'infimes quantités de mercure distillées jour après jour, mais que l'on retrouverait fatalement dans le cas d'une éventuelle autopsie. Non, rien que du gras, du bon gras, en vente partout librement et disponible dans toutes les bonnes cuisines, reprit l'écrivain en gloussant légèrement, apparemment assez ravi de sa trouvaille humoristique.

- Hum !... Je sais que c'est une question que l'on doit vous poser souvent, mais comment vous est venue l'idée de ce personnage, le meurtrier ? Il est d'une froideur vraiment terrifiante. Vous réussissez presque à nous faire toucher du doigt la folie, la folie d'un homme qui hait tellement ses semblables...

- Ses dissemblables. Il ne se considère pas comme les autres, le reste de l'humanité. Il hait les autres. Pour lui, les autres c'est l'enfer. Non, même pas. Pour lui les autres n'ont aucune réalité. Ils ne sont même pas pitoyables. Ils ne méritent simplement pas d'exister à côté de lui. Ils sont tellement imparfaits, tellement prévisibles, tellement communs. Nulle part autour de lui il ne trouve des êtres qui puissent soutenir la comparaison avec les personnages imaginaires parfaits qui ont colonisé son univers mental.

- Oui, ce qui est extraordinaire c'est la façon dont vous parvenez à pénétrer dans sa tête, dans son esprit, avec une précision au scalpel qui fait froid dans le dos. Avez-vous été inspiré par des criminels connus ? En ce qui me concerne, il me fait un peu penser à ce fait divers des années 80. Vous vous souvenez de cet étudiant que l'on avait surnommé le cannibale japonais et qui avait dépecé et mangé sa petite amie sans montrer aucun état d'âme, aucun remords lors de son arrestation ?

- Mais vous savez, ce japonais était très intelligent. Il était, il est, parce qu'il est toujours vivant, il est même d'une intelligence supérieure à la moyenne. Et c'est le cas de nombreux grands criminels. Je pense que c'est cela qui fascine, l'intelligence liée à une pathologie effrayante.

- Je vois ce que vous voulez dire. Il est vrai que la folie inspire beaucoup, car personne ne sait où elle commence et elle peut toucher tout le monde.

- Oui. La folie, c'est quelque chose qui fait peur parce que l'on ne s'en sent jamais à l'abri. Elle révèle la fragilité que chacun porte en soi. Les frontières entre la normalité et l'anormalité sont fines et poreuses. D'un jour à l'autre, au hasard d'une épreuve, d'un choc émotionnel qui fait ressurgir un traumatisme ancien, ou que sais-je, n'importe qui peut basculer de l'autre côté. Notre côté obscur.

Le journaliste transpirait légèrement. Il ne paraissait pas apprécier tellement son interlocuteur. Mais il faisait son métier. C'était un professionnel après tout. On ne lui demandait pas d'aimer ses invités, il était là pour « servir la soupe » comme on disait parfois vulgairement, c'est-à-dire faire la promotion des nouveautés culturelles, quelles qu'elles soient.

- Et si l'on passait à la victime, à présent ? Dans votre roman, vous faites preuve d'une imagination vraiment diabolique avec cette description quasi clinique et si criante de vérité de la lente agonie de cette dame, comment s'appelle-t-elle déjà ?

- Madame Leblanc.
- Vraiment ? Vous devez vous tromper, c'est (le journaliste feuillette le roman fébrilement, vaguement inquiet tout à coup), c'est, (il lit) Madame Lebrun.

- Non, non, c'est bien Madame Leblanc. Leblanc, Lebrun, c'est la même chose.

- C'est étrange, je connaissais une Madame Leblanc, Geneviève Leblanc…

- Mais oui c'est elle, bien sûr ! Geneviève Leblanc. Maintenant que vous me le dites, j'avais oublié son prénom !

Yannick Le Gwenn devint très pâle et se mit à observer l'écrivain d'un regard neuf, comme s'il le découvrait. Celui-ci, emporté par son élan, poursuivit :

- Et vous savez l'imagination n'a pas grand-chose à voir ici, je n'ai eu qu'à décrire ce que je voyais. Mais c'est qu'elle ne voulait pas mourir la grosse !!! J'en ai passé des heures aux fourneaux ! Mais j'ai réussi !!! J'ai réussi mon Œuvre d'Art ! L'œuvre de ma vie qui m'a ouvert à ce moment-là des horizons insoupçonnés, qui m'a permis de comprendre que je serai Écrivain, un grand écrivain respecté et admiré de tous !!

L'homme de lettres, jusqu'alors si courtois et cultivé s'était métamorphosé. Sa voix enflait, s'exaltait, il ne se maîtrisait plus. Yannick Le Gwenn était livide. À la fin de sa tirade, François Penboch se tut et regarda l'animateur d'un air narquois. Il avait retrouvé son calme. Un calme effrayant, glaçant. Puis il reprit lentement, en détachant bien ses mots :

- Mais dites-moi, Leblanc en breton se dit bien Le Gwenn ? et Jean c'est Yann, ou Yannick, n'est-ce pas Monsieur Yannick Le Gwenn ? Elle me parlait souvent de vous, vous savez.

- Mais... mais... C'était donc vous !... C'était donc bien un meurtre !... VOUS avez tué MA mère !... Assassin !! Assassin ! balbutia le journaliste, blême de rage. Vous êtes fou, poursuivit-il, d'un ton où la colère se mêlait à l'incrédulité, comment pouvez-vous m'avouer votre forfait, à moi ! et ceci en plus alors que des millions d'auditeurs sont à l'écoute ?!?

- Vous savez, Monsieur Le Gwenn, ou plutôt devrais-je dire Jean Leblanc, cela s'est passé il y a si longtemps ! Vingt ans, jour pour jour. Il y a donc prescription..., répliqua l'écrivain cyniquement.

- Mais pourquoi m'avoir choisi moi, moi... le fils de la femme que vous avez... ASSASSINÉ, pour cette... première interview... à propos de votre... roman ?

Yannick Le Gwenn était décomposé, il ne trouvait plus ses mots, et il fixait François Penboch d'un air hagard. Il comprenait soudain que l'homme assis en face de lui était un malade, jouissant d'avouer son crime devant celui-là même à qui cela faisait le plus de mal, et se moquant du public qui de toute façon se jetterait sur un livre à tel parfum de scandale. Il comprenait maintenant pourquoi il avait pensé à Issei Sagawa, le cannibale japonais. L'écrivain ayant tombé le masque présentait la même absence de remords, le même exhibitionnisme narcissique, le même sentiment de toute puissance et de mépris envers l'humanité.

Le silence devenait pesant. Les techniciens autour d'eux retenaient leur souffle. Derrière la vitre du studio, les opératrices leur jetaient des regards affolés. Le standard semblait sur le point d'exploser sous l'afflux des appels d'auditeurs choqués, scandalisés ou même ravis, attirés par l'odeur du sang frais comme des requins attirés par des mouvements désordonnés inhabituels dans l'eau. Yannick se mit à fredonner pour lui-même les premières notes si célèbres de la musique des *Dents de la mer* : *Ta dan, ta dan, tadantadantadan...* Le danger arrive, la mort est proche, personnifiée par cette grande ombre blanche qui glisse entre deux eaux. Le carnage semble inéluctable, mais, mais...

Mais, tout à coup il se souvint d'un détail des propos de son interlocuteur :

- Dites-moi, Monsieur Penboch, vous souvenez-vous de la date précise de la mort de ma mère ?

- Oui, bien sûr ! C'était le dernier jour du mois de février, en 1996, le 28 donc comme aujourd'hui, il y a exactement 20 ans.

Le journaliste resta silencieux un court instant, comme pour ménager son effet. Puis il déclara doucement, la voix teintée d'une ironie triomphale :

- Vous vous trompez Monsieur Penboch, il y a 20 ans, le dernier jour du mois de février était un 29, car c'était une année bissextile... Vous avez joué, vous avez joué avec moi, avec le public, Monsieur Penboch. Mais à un jour près... VOUS AVEZ PERDU !!

Dix anges de trop

Fabienne Mirbeau

Elle n'y était pas allée de main morte. À vrai dire, il ne l'avait jamais vue comme ça. Pourtant tout avait commencé normalement. Elle était venue le chercher à son bureau, une sorte de boutique, dans une petite rue un peu à l'écart du centre. Lui, ça lui plaisait. C'était même assez bien calculé. Une boutique à l'ancienne, avec l'inscription en lettres peintes : « Gérard Vernier, détective privé ». Des stores vénitiens qu'il baissait sur la porte et la vitrine lorsqu'il avait des clients. Dans son métier, la confidentialité était primordiale. À l'intérieur, il y avait tout juste la place pour son bureau, son fauteuil, deux sièges pour les visiteurs, même pas de placard pour ranger ses dossiers, tout tenait dans les tiroirs. Au fond de la pièce, un escalier menait à son appartement : un salon avec canapé-lit, une kitchenette et la salle de bains à part. Il y montait à chaque fois qu'il devait aller aux toilettes ou voulait se faire réchauffer une boîte de conserve ou un plat préparé. Dans ces cas-là, il tirait le verrou de la porte qui donnait sur la rue, on ne savait jamais.

Ce jour-là, elle était « passée », comme elle disait. Elle venait souvent en fin de matinée, pour lui proposer d'aller déjeuner – t'en as pas marre de tes saloperies de plats préparés ? – ou l'après-midi pour aller boire un café. Elle venait plus rarement le soir, alors, ils allaient au cinéma. Il ne se passait pas une semaine sans qu'ils ne se voient.

Midi venait de sonner quand elle était entrée. Elle portait son imperméable rose vif, malgré le froid qui commençait à s'installer. C'était seulement plus tard qu'il avait pris conscience que quelque chose clochait. Pourtant, c'était son métier d'observer, mais si on doit continuer de faire son boulot quand on est avec ses amis, on ne vit plus, n'est-ce pas.

Elle s'était lancée presque tout de suite. Est-ce qu'il avait déjà enquêté sur une disparition ?

- Oui, bien sûr, souvent même, tu sais, dans les histoires d'assurance...

Elle l'avait brutalement interrompu. Elle ne parlait pas de disparition de bagnoles, mais d'une personne, un homme qui n'avait pas donné signe de vie depuis trois jours.

Il se défendit un peu.

- Enfin, tu sais bien que mon business, c'est les couples infidèles et encore, maintenant ils divorcent avant ou ils s'en foutent. Moi, c'est surtout les arnaques à l'assurance, les trucs comme ça, quoi. Quand c'est plus grave, les gens vont chez les flics, que veux-tu que j'y fasse ?

- Mais tu ne voudrais pas essayer ? C'est ça, ton métier de base, non ?

- Oui... Non... Enfin, c'est-à-dire que, dans une vraie affaire, il vaut mieux s'adresser aux flics.

- J'ai compris, tu l'as déjà dit.

- C'est quoi cette histoire ? De qui s'agit-il ?

- Pourquoi je répondrais si ça ne t'intéresse pas ?

- Ne prends pas les choses comme ça. Qui a disparu ?

- Un ami.

Un ami, première nouvelle. Elle n'avait jamais parlé « d'un ami ». Fallait-il comprendre « son » ami ? Autrement dit, est-ce que leur petit marivaudage hebdomadaire n'était rien pour elle et qu'il était seul à se raconter des histoires, espérant davantage alors qu'elle aimait ailleurs ? Qui était ce type qui venait tout gâcher ?

- Il est majeur ?

- Mais oui, qu'est-ce que tu crois ? Je ne te parle pas d'un gosse, je te parle d'un homme !

- Ne te fâche pas ! C'est juste que, s'il est majeur, il a le droit de partir comme il veut. Il n'a pas de comptes à rendre.

- Je sais, merci.

- Je te le dis parce que c'est ce que diraient les flics.

Elle se leva tellement brusquement qu'elle faillit renverser son siège. Elle faisait les cent pas et le manque d'espace l'énervait encore plus. Il recula un peu, sa table le protégeait, mais, malgré tout, quelle rage elle avait ! Qu'avait-il dit qui la mette dans cet état ?

- Tu crois que je n'ai pas compris ton cinéma ? Le bureau, les stores, l'imperméable, les pieds sur le bureau, tout ça, hein ! Tu crois que je n'ai pas remarqué que tu te la jouais à la Philip Marlow ? Je ne sais même pas pourquoi tu as un ordi, tu aurais dû te trouver une vieille machine à écrire. Et puis fumer ! Et l'imper beige, tu penses que j'ai pas vu ? T'es pas allé jusqu'au chapeau mou, hein ? Trop voyant. On se la joue, mais discret, on n'oublie pas qu'on est en province. Tu sais même pas parler anglais !

- Mais…

- Oh ta gueule ! Pour une fois que je te demande un truc…

- Écoute !

- Rien ! Quand je pense que tu te plains de n'avoir à t'occuper que de petites affaires de coucheries et de bagnoles planquées. Mais c'est ça que tu aimes. Ah, tu t'es bien foutu de moi.

- Mais non, enfin, je ne me fiche pas de toi !

- Tu ne veux surtout pas prendre de risques, hein ? Pas de couilles, pas d'embrouilles, c'est ça ?

- Écoute, je ne comprends rien. Calme-toi. Viens, on va déjeuner. Ça me changera de mes saloperies de plats préparés. Allez !

- J'ai pas faim.

- Viens !

Visiblement, aujourd'hui elle s'en foutait qu'il mange ou pas des plats préparés. Elle avait les larmes aux yeux, les joues rouges. Il avait essayé de la prendre dans ses bras pour la consoler, mais elle s'était écartée, comme si ça la brûlait. Pas sympa. Alors, il avait parlé doucement, insisté, prié, supplié presque. Jamais, au grand jamais, il n'avait voulu la faire souffrir, ne le savait-elle pas ? C'est juste qu'il ne s'attendait pas à ce qu'elle lui propose une enquête. Et surtout une enquête qui avait l'air de la toucher d'aussi près. Qu'elle lui raconte tout par le menu et il verrait ce qu'il pourrait faire. Oui, oui, il l'aiderait. Il le promettait.

- Tu n'en parleras pas aux gendarmes ?

- Mais non, voyons.

- Je te paierai, tu sais.

- On verra, t'inquiète pas avec ça.

Elle ouvrit son sac pour lui montrer qu'elle avait plusieurs billets de 50 euros, même pas rangés dans son portefeuille, elle qui tirait toujours le diable par la queue.

- Oui, oui. Ferme ton sac ! C'est quoi, ce fric ?

- T'occupe, je t'expliquerai.

- Il le faudra bien, si tu veux que je t'aide.

Maintenant, il voulait vraiment savoir ce qu'il se passait et qui était ce type qui avait soi-disant disparu et avait l'air tellement important pour elle. Il ne s'était rendu compte de rien. Pourtant, il n'avait pu s'empêcher de faire sa petite enquête – on est détective ou on ne l'est pas – et il croyait tout savoir d'elle, sa vie, ses copines, ses sorties, ses achats sur Internet, sa solitude aussi et... l'absence flagrante de mec. Apparemment, il se trompait.

Le disparu était un voisin, F. Palomet. Elle le croisait tous les jours aux mêmes heures, le matin vers 8h30 en descendant à la boîte aux lettres et le soir vers 18h30, lorsqu'elle rentrait du boulot et, depuis trois jours, rien. Elle ajouta que ses volets étaient restés ouverts, ce qui excluait un départ en vacances ou un déplacement professionnel. Pourtant, sa boîte aux lettres débordait, preuve de son absence.

- Trois jours que tu ne l'as pas vu ?

- Oui, ou deux, je ne sais plus.

- Vous parliez ensemble ?

- Non, pas vraiment.

- Tu me dis que vous vous voyiez tous les jours, mais vous ne parliez pas. Mais, alors, pourquoi t'inquiètes-tu comme ça ? C'est bizarre.

- Ah ben oui !

- Et comment tu fais pour le croiser aux mêmes heures alors que toi, tu n'as justement pas les mêmes horaires tous les jours.

- C'est pourtant comme ça.

- Ouais…

- Tu ne me crois pas ?

- Mais si… allez, continue.

Que lui arrivait-il ? Elle devenait folle, ma parole. Lui, il la voyait comme une fille sûre d'elle, sachant mener sa vie et voilà qu'elle se mettait dans tous ses états pour un type qu'elle croisait dans l'escalier. Sûrement un bellâtre au sourire enjôleur… Il eut bien envie de l'envoyer balader, mais il avait promis. Alors, il continua ses questions, en essayant de ne pas la braquer. Ce n'était pas simple, à fleur de peau comme elle était. Est-ce qu'elle avait une photo ?

- Ah, quand même, tu me crois.

Bien sûr, il la croyait. Il proposa qu'on retourne au bureau ensemble pour ouvrir le dossier.

- Comment tu dis qu'il s'appelle, ton gars ?

- François Palomet…

- Bien. Et qu'est-ce qu'il fait comme boulot ?

- Il s'occupe de trouver des châteaux pour des Parisiens qui ont les moyens.

- C'est sûr que ça doit coûter, ce genre de bicoque, sans parler de l'entretien…

- En tout cas, il a plein de clients !

- C'est bien. Tu as sa photo ?

- Heu, non, mais j'en aurai une, je te promets. Demain… Là, il faut que je file.

- Allez, salut. On se revoit quand tu veux.

- Je ne suis pas dingue, tu sais.

- Je sais.

Il avait essayé de la rassurer, mais il s'inquiétait plus pour elle que pour la disparition du type. Elle était partie avant 16 heures, comme d'habitude le mardi. Elle travaillait comme guide dans les grottes préhistoriques locales. Même hors saison, il y avait des gens que ça intéressait. Et elle, elle savait captiver le public. Au départ, elle ne connaissait rien à la préhistoire, mais elle avait bossé et maintenant, elle faisait partie des meilleurs, il suffisait de voir les pourboires qu'on lui laissait.

La recherche Internet fut vite faite, mais peu éclairante. Il y avait un seul Palomet – F. Palomet – dans le département. Il habitait la commune, mais, contrairement à elle, très en dehors du centre, dans une maison et non un immeuble. Il n'était pas agent immobilier, mais antiquaire. Il enfila son fameux trench et partit aussitôt.

Dire qu'il était passé plusieurs fois devant cette boutique sans remarquer l'inscription : « F. Palomet, Antiquités, Spécialité Moyen-Age-Renaissance. Ouvert du mardi au samedi de 10 heures à 19 heures et sur rendez-vous ». Il se gara un peu à l'écart, selon sa vieille habitude. Une femme d'âge mûr l'accueillit : pouvait-elle l'aider ? Non, merci, il regardait. De très belles pièces, vraiment.

- Vous êtes collectionneur ?

- Pas vraiment, mais...

- Comme dit François, heu, monsieur Palomet, être connaisseur ne veut rien dire, il suffit d'aimer ce qui est beau et de se laisser appeler par les objets.

Il s'attardait à admirer un ange-candélabre, provenant sans doute d'une église des environs quand le téléphone du magasin sonna. La femme répondit d'un ton agacé.

« Monsieur Palomet est absent. Non, je ne peux pas vous le dire. Bien sûr. Au revoir madame ».

- Les gens sont extraordinaires !

- En effet, parfois.

- François, heu, monsieur Palomet est à une vente aux enchères et elle aurait voulu que je lui dise où, pourquoi et à quelle heure ? Mais je la reconnais, elle a déjà appelé plusieurs fois. Encore une folle.

Elle avait l'air sûr de soi de qui se sait aimé et ne craint rien ni personne, mais prend quand même soin de tenir les intrus à distance.

- Bien, au revoir madame. Je reviendrai certainement.

- Si vous venez la semaine prochaine, monsieur Palomet sera présent. Il n'a pas son pareil pour raconter la vie des objets.

Il caressa la joue de l'ange : « Salut, toi, à bientôt » et sortit.

Pourquoi était-il si sûr que « la folle » qui venait de téléphoner était son amie ?

Le lendemain, il se rendit aux archives du journal local. Non seulement les ventes aux enchères étaient toutes annoncées, mais il trouva un article des plus intéressants. Le titre disait tout : « Pour François Palomet, l'ouverture au public du château de l'Herm est une pure folie ». S'en suivit une interview un peu filandreuse au cours de laquelle l'antiquaire expliquait que les travaux de restauration et de sécurisation du château coûteraient bien trop cher, même à un mécène fortuné. Lorsque le journaliste affirmait qu'évidemment, avec son métier d'antiquaire, il préférait récupérer les objets à bas prix et les revendre plutôt que de laisser le public les contempler, François Palomet montait sur ses grands chevaux. Pour qui le prenait-on ? Il n'avait pas besoin de cela, d'ailleurs sa boutique était pleine et, s'il était toujours prêt à de nouvelles découvertes, ce n'était pas à n'importe quel prix. Ses acheteurs, eux, le savaient bien. L'article était illustré d'une photo un peu floue, qui permettait cependant de distinguer un homme encore jeune, malgré ses cheveux blancs et qui semblait très séduisant.

Rentré au bureau, il vit que son amie lui avait envoyé un mail : « Tiens, voici une photo. Je passe demain dans l'après-midi. Bisous ». Il n'eut pas de mal à reconnaître un scan de la photo du journal. Le mail avait été posté quelques minutes plus tôt.

Soit il était devenu incapable de résoudre autre chose que de petites arnaques à l'assurance, soit il était face à une affaire bien compliquée. Il tenta de se rassurer en se disant que c'était un peu des deux et monta chez lui : « To morrow is an other day ».

Le lendemain, il était impatient que l'après-midi arrive pour voir son amie et la questionner sérieusement. Cette fois-ci, elle ne pourrait pas s'en tirer sans lui donner des explications claires. Il ne se laisserait pas impressionner.

Elle ne vint pas. Ni plus tôt, ni plus tard. Il lui envoya des SMS, téléphona. Aucune réponse. Il alla aux grottes où il apprit qu'hier, elle était arrivée en retard et qu'aujourd'hui, on ne l'avait pas vue. Ça les avait fichus dans un sacré pétrin, alors, s'il la croisait, il pouvait lui dire qu'elle n'était pas près d'obtenir son CDI !

- Bien, bien, je lui dirai. Mais ne vous fâchez pas, elle a peut-être eu des ennuis.

De fait, il commençait sérieusement à s'inquiéter. Elle n'était pas chez elle. Il en profita pour regarder la liste des locataires : pas le moindre Palomet, ni même de François ou de F. Quelque-chose et encore moins de boîte à lettres qui débordait. En revanche, l'appartement au-dessus de celui de son amie était visiblement inoccupé. Il attendit, téléphona, sonna encore à la porte. Plusieurs fois. En vain.

Il attendit encore un peu, puis rentra chez lui en faisant le détour par le château de l'Herm. Que cherchait-il ? Le jour tombait, on ne verrait pas grand-chose. Les phares éclairèrent la nouvelle pancarte : « Ouverture au public mai 2018 ». Ils étaient optimistes s'ils pensaient que les travaux seraient terminés dans trois mois. Il reviendrait demain matin. Là, ça ne servait à rien et il avait sommeil.

Dans son rêve, Robert Mitchum roulait dans une longue décapotable blanche. Malgré la nuit, il remarqua une voiture garée tous feux éteints et pourtant, il distingua une silhouette. Robert se gara aussitôt et prit son flingue. Il eut juste le temps de riposter quand le type sortit de la voiture avec la volonté clairement affichée de le descendre. « Où tu vas comme ça, mon gars ? ». Déjà Robert plaquait le type contre la bagnole et, tout en lui passant les menottes, il remarqua sur le siège passager, un ange porte-candélabre…

Il s'éveilla d'un coup. Que faisait cette voiture tous feux éteints comme si elle sortait du château de l'Herm ? Est-ce qu'il avait vu un conducteur ou est-ce qu'il n'avait fait que le rêver ? Il était 5 heures du matin. Il s'accorda encore quelques minutes et… se rendormit jusqu'à 9 heures. Toujours de mauvaise humeur, il vérifia en buvant son café que son amie ne lui avait pas répondu, la rappela et ne fut pas surpris de ne pas avoir de réponse. Il partit avec l'intention de retourner au château… cette histoire de voiture le turlupinait.

En fait de voiture, c'était la camionnette de la gendarmerie et les pompiers qui étaient là, les gyrophares tournaient encore. Ça ne présageait rien de bon.

- Tiens, voici Robert Mitchum ! Qu'est-ce que tu fous là ?

- Salut, Jean-Pierre. Je t'expliquerai, mais d'abord dis moi ce qu'il se passe.

- Un accident. Pourtant, c'est pas faute d'avoir mis des pancartes.

- Quoi des pancartes, dis-moi !

- Ben, elle n'a rien vu et elle est tombée dans les oubliettes. C'est moche. Mais tu la connais, je crois. Qu'est-ce qui t'arrive ? Tu es tout blanc ? Hé, mon Robert, tiens le coup.

Elle était couchée sur le côté, un bras bizarrement replié, la cuisse gauche dépassant de son imper rose… Pas besoin de voir son visage écrasé, c'était elle. On devinait une flaque de sang, elle avait dû heurter une pierre en tombant, car, somme toute, le trou n'était pas si profond. Le truc, c'était qu'on ne pouvait pas en sortir, pas pour rien que ça s'appelait des oubliettes. D'ailleurs, les types avaient dû descendre en rappel, ça avait fait toute une histoire. Maintenant, restait à savoir comment ils allaient la remonter. Ils finirent par y arriver avec un système de poulies, le brancard se balançait, ils faillirent la faire retomber. C'était obscène.

- Laisse ta bagnole, on te ramènera. Viens, je te paie un café du distrib de la gendarmerie. Il est dégueulasse, mais c'est de bon cœur et puis tu me raconteras.

Il se laissa faire, incapable de parler ni de résister. Incapable de rien. Sur toute la ligne, il s'était montré incompétent et stupide et maintenant… Maintenant, tout était fini.

Il avait beau le savoir, il était toujours surpris de voir à quel point le café de la gendarmerie était mauvais, mais le capitaine Jean-Pierre Mortier était un brave type, même s'il était un peu lourdingue à l'appeler tout le temps Robert Mitchum. Ça datait du collège et de leur passion commune pour les films noirs américains. Désormais, leurs professions les réunissaient et les séparaient à la fois. Mais ils s'appréciaient envers et contre tout et se voyaient régulièrement autour d'une bière ou d'un café.

Le détective raconta ce qu'il savait, le signalement de la disparition de François Palomet, les incohérences de son amie, sa visite chez l'antiquaire et même cette impression tardive d'avoir vu une voiture la veille en passant devant le château.

- Tu veux dire quoi ? Qu'on l'a assassinée ? Tu vois trop de films, mon vieux. Mitchum t'a tourné la tête.

- Arrête avec ça ! Elle connaissait parfaitement le site, elle y joue depuis qu'elle est toute petite. Pourquoi elle serait tombée et pourquoi elle y serait allée la nuit ?

- Ça ne s'est pas forcément passé la nuit.

- Raison de plus pour que ce ne soit pas un accident. Il va y avoir une autopsie ?

- Tu sais ici... Oui, sans doute, mais, t'emballe pas, je suis sûr que c'est un accident.

- Je suis sûr du contraire.

Un gendarme entra qui fit signe au capitaine. Celui-ci sortit et les deux hommes chuchotèrent un moment. Le capitaine eut une exclamation de surprise et un drôle de sourire en direction du détective.

- Qu'est-ce qu'il y a ? Pourquoi tu ris ?

- Rien.

- Jean-Pierre, ne me prends pas pour un con !

- Tu n'as rien remarqué, l'autre jour, chez ta copine ?

- Non. Enfin, oui, mais je t'ai dit, elle était énervée et m'a dit des choses incohérentes. Qu'y a-t-il ?

- C'est un détail, mais...

- Quoi ?

- Elle était nue sous son imper... Elle avait forcément rendez-vous avec un homme.

Il faillit se mettre à pleurer. Il n'avait rien compris à l'histoire et encore moins à la fille. C'était désespérant.

- Tu le connais, ce Palomet ?

- Oui, vaguement. Encore un qui se croit sorti de la cuisse de Jupiter et je ne pense pas qu'il soit aussi honnête qu'il veut bien le dire. Mais je ne devrais pas te raconter ça.

- Tu m'en as raconté d'autres, non ? Et puis là, je suis concerné.

- Tu as raison. Bon, Larrieu va te raccompagner. Je te tiens au courant, mais toi aussi, hein ? Parce que je te connais… Bob !

- Mais oui, t'inquiète.

- Et désolé pour ta copine, c'est moche. Si tu as besoin…

- Ouais, merci. Je te rappelle. Salut.

Larrieu le laissa juste à côté de sa voiture. Le message était clair : il n'avait rien à faire sur ce qui était possiblement une scène de crime. Il ne chercha pas à lutter. De toute façon, avec la pluie du matin et les passages des véhicules des gendarmes et des pompiers, c'était peine perdue.

Il rentra donc au bureau, ferma à clé derrière lui, baissa les stores, s'installa à son fauteuil, prit une petite flasque de whisky dans son tiroir, but quelques gorgées, mit les pieds sur la table et s'endormit lourdement.

Il fut réveillé par le téléphone.

- Oui, Jean-Pierre. Excuse-moi je m'étais assoupi.

- On a craqué le portable de ta copine. Ça fait une semaine qu'elle échangeait des messages avec Palomet. Au moins deux fois par jour.

- Et… qu'est-ce que ça dit ?

- On dirait qu'elle le faisait chanter.

- Quoi ?

- Je t'en lis un : « 10, pas négociable ». Et il répond : « OK 10, mais c'est la dernière fois. Demain au château »

- Elle avait du fric dans son sac quand elle est venue me voir. Plusieurs billets de 50.

- Je peux savoir pourquoi tu ne me l'as pas dit ?

- J'en sais rien. J'étais un peu sonné ce matin.

- Tu me caches autre chose ?

- Non. C'était quand, leur rendez-vous au château ?

- Le message date d'il y a deux jours. Ils devaient se voir hier après-midi.

- J'y suis allé justement hier après-midi et je n'ai rien vu ! Aux grottes, ils m'ont dit qu'elle était absente ce jour-là. Et Palomet, qu'est-ce qu'il raconte ?

- On n'a toujours pas mis la main dessus. Sa femme devait nous prévenir, mais je vais y aller moi-même avec deux gars. Quelque chose ne me plaît pas, j'aime pas ce type.

- OK, de mon côté, je vais essayer de savoir si on l'a vu dans les châteaux et les églises des environs où ont eu lieu les dernières ventes aux enchères.

Il retourna à l'Herm. Les abords du château étaient toujours entourés par des rubans de plastique jaune interdisant le passage, mais pas l'ombre d'un képi à l'horizon. Il pénétra sur le site. Des traces de roues, il y en avait partout, mais on avait nettement l'impression qu'une voiture était restée garée dans le chemin perpendiculaire à la route. Il avait raison et après ? Il était bien avancé...

Malgré ce qu'il avait dit, il n'avait aucune envie de faire la tournée des châteaux. L'avantage d'être un privé... Et on ne lui ôterait pas de l'idée que, s'il y avait quelque chose à trouver, c'était ici, à l'Herm. Il continua d'explorer le site et arriva près des fameuses oubliettes. Les larmes lui montèrent aux yeux. Combien de fois lui avait-elle dit que, depuis toujours, les enfants du coin jouaient là et qu'il n'était jamais rien arrivé : « Foutu comme c'est, il faut vraiment le vouloir pour tomber ». Il était évident qu'on l'avait tuée. Si elle faisait chanter l'antiquaire, c'était peut-être lui le meurtrier. En tout cas, ce Palomet détenait, sinon toute la vérité, du moins une bonne partie.

Il serait bien retourné au magasin, mais ne voulut pas prendre le risque d'y trouver les gendarmes. Il sortit du site et reprit sa voiture. Au détour d'un virage, on apercevait le donjon derrière les frondaisons. C'est là qu'il remarqua une petite affiche, à l'intention des automobilistes : c'était « son » ange-candélabre, avec les mentions « F. Palomet, Antiquités, Spécialité Moyen-Age-Renaissance. À la sortie du village. »

L'hypothèse qui lui semblait la plus probable était que ce François Palomet était un trafiquant. Elle l'avait découvert et le faisait chanter. Voyant qu'il ne s'en sortirait pas, car elle en voudrait toujours plus, il lui avait donné rendez-vous le matin de bonne heure au château pour lui donner l'argent et… il l'avait poussé dans les oubliettes, pour mettre une fin définitive à ses agissements. Et lui ? Il était parti vendre ses anges-candélabres dans quelque paradis fiscal aussi lointain que protégé. Le tout en moins de 48 heures.

Sans doute. Mais alors, pourquoi était-elle toute nue sous son petit imper rose ? À cette pensée, le désir le submergea. Dire qu'il n'avait rien vu… Il hurla de rage dans sa voiture. Il fallait agir. Il décida de retourner au village en faisant le détour pour passer devant le magasin d'antiquités. Si les gendarmes étaient partis, il y ferait une nouvelle visite.

Cette histoire devenait vraiment un mauvais scénario pour un mauvais film. Encore la camionnette de la gendarmerie, encore les pompiers et les gyrophares.

- Le capitaine Mortier vous attend à la gendarmerie.
- Qu'est-ce qu'il s'est passé ?
- Il vous expliquera.
- Merci, Larrieu.

Une chose était claire, Larrieu ne l'aimait pas. Il était évident que, s'il n'avait tenu qu'à lui, il l'aurait fermement et définitivement écarté de l'enquête, de celle-ci et des autres. Mais le privé était copain d'école du capitaine, alors, en bon gendarme, il obéissait.

- Tu avais raison.
- Encore !
- Oh ça va ! Ta copine n'est pas tombée toute seule dans les oubliettes, on l'y a aidée.
- Et l'antiquaire ?
- Justement.

Le capitaine raconta que, tout à l'heure, lorsqu'il y était allé avec ses hommes, le magasin était fermé. Ils avaient attendu, téléphoné. En vain. Ils avaient donc fait ouvrir. À l'intérieur, tout semblait normal, sauf qu'il n'y avait personne. Ils avaient découvert une sorte d'arrière-boutique dont la porte était dissimulée derrière un grand tableau.

104

- Ah oui, une Annonciation du XVIᵉ, je l'ai remarquée l'autre jour.

- Tu t'y connais, dis donc. C'est bien tu vas pouvoir nous aider.

- Je suis loin d'être expert. Mais ça me plaît. D'ailleurs, j'avais repéré un ange-candélabre très émouvant.

- Soixante centimètres environ, doré, un genou à terre et portant un bougeoir pour un cierge ?

- Voilà, un ange-candélabre. Bon, tu ne m'as pas fait venir pour tester mes connaissances en histoire de l'art, je suppose. Donc, la porte ?

La porte protégeait une salle assez grande où les gendarmes découvrirent des anges semblables à celui que Gérard avait repéré. Tous parfaitement identiques. Et d'autres objets encore, quelques tableaux aussi. Mais aucun de très grande dimension.

- Des objets qu'on peut avoir chez soi.

- Tu as tout compris, Bob.

- Tu parles ! Je n'ai même pas vu que ce bel ange n'était qu'une copie. Et l'antiquaire ?

- J'allais y venir.

Les gendarmes avaient trouvé le corps de François Palomet à côté d'une grande malle en osier, étiquetée « Candelabri. Narni. Umbria. It. ».

On attendrait l'autopsie, mais tout montrait qu'il avait reçu un coup mortel sur la tempe et, cette fois-ci, il n'y avait aucune chance pour que ce soit un accident. L'un des anges était sans doute l'arme du crime. Il portait des traces du sang de l'antiquaire. Pour le reste, on verrait après l'examen plus poussé de la Scientifique. Quant à son épouse, ou sa collègue, car après tout, on n'en savait rien, elle avait disparu.

- Et on sait depuis quand il est là ?

- Il faisait froid dans la remise, alors ça peut modifier la conservation, mais je dirais un jour, deux, pas plus.

- Quand j'y suis allé mardi, elle m'a dit qu'il était à une vente aux enchères. Si ça se trouve, il était déjà là, dans la remise.

- Et tu as vérifié si on l'avait vu dans les environs ?

Il n'avait pas vérifié et ça rendit Mortier furieux. Décidément, on ne pouvait pas faire confiance à un privé ! Gérard écouta sans broncher la litanie des reproches…

- Et j'imagine que tu es allé traîner sur le site du château alors que c'est rigoureusement interdit ?

- Oui. Mais j'ai rien trouvé, sauf les traces d'une voiture garée perpendiculairement à la route, tu sais, l'impression que j'avais eue…

- Et ça prouve quoi ?

- Rien.

À part se forger la conviction qu'elle n'avait pas pu tomber toute seule, remarquer les traces de roues dans le chemin et la publicité pour le magasin d'antiquités… Il dut bien reconnaître qu'il avait perdu son après-midi et ce n'était pas ça qui allait lui remonter le moral.

Mortier annonça qu'il allait perquisitionner chez son amie.

- Je peux venir ?

- Parce que tu penses que tu n'en as pas assez fait ?

- S'il te plaît.

- Mais tu ne touches à rien, sinon je te colle en garde à vue.

- Sir, yes, Sir !

- Je ne ris pas. C'est grave, on a un double meurtre. On n'est pas au cinoche !

Il n'était jamais entré chez elle. Pas faute, pourtant, de l'avoir désiré, mais ça ne s'était pas fait et…

Un peu rose, un peu moderne, un peu en désordre, mais pas trop, l'appartement de son amie n'était finalement pas tellement éloigné de ce qu'il avait imaginé. Le plus étonnant était cet ange-candélabre, posé sur un tabouret près de la porte-fenêtre du salon. Toujours, cet ange… Pendant ce temps, Mortier écoutait le répondeur :

« Chérie, c'est bon. On a été livré. Je prendrai les dix et je les aurai demain. Tu avais raison. Il suffisait qu'on le décide. A très vite. J'ai hâte. Je t'aime »

- Quoi ? Repasse-le.

- Tu as bien entendu. Elle ne le faisait pas chanter, c'était son amant… Tu t'es fait balader, mon vieux.

- Oui. Elle est venue me voir pour que je retrouve l'homme qu'elle aimait et elle n'a pas eu le courage de me le dire.

- Et dix quoi, à ton avis ?

- Dix anges ! L'honnête antiquaire vendait des faux très bien imités à des particuliers, d'où ses déplacements. C'est pour ça qu'elle ne voulait pas aller chez les flics.

- Gendarmes !

- Oui, gendarmes ! C'est pas le moment !

- Et sans doute qu'ils ont voulu faire un dernier coup, histoire d'aller couler des jours heureux loin d'ici.

- Je n'ai rien vu. Mais rien ! Moi qui croyais que je ne lui étais pas indifférent…

- T'en fais pas, y'a qu'au cinéma que les détectives résolvent tous les problèmes…

Les gendarmes avaient fini leur travail. Ils emportaient l'ange, quelques papiers, une brosse à cheveux pour l'ADN et quelques autres pièces à conviction. Ils allaient partir quand le détective suggéra à Mortier de visiter l'appartement du dessus. L'autre jour, il avait remarqué qu'il était inoccupé et, comme elle disait que Palomet habitait son immeuble, il y aurait peut-être quelque chose d'intéressant à trouver là.

C'était le même appartement que celui de son amie, mais il était entièrement vide, à l'exception de dix anges-candélabres emmitouflés de plastique à bulles et sagement alignés…

Il en avait assez vu pour aujourd'hui, il rentra chez lui désabusé et épuisé.

Le lendemain, l'affaire faisait les gros titres du journal local :

« Double meurtre de l'Herm : la troisième victime serait l'assassin ».

« Est-ce la coupable ? » se demandait l'article, expliquant qu'on avait retrouvé le corps de Francine Palomet dans sa voiture. Elle avait apparemment pris une forte dose de barbituriques, indice patent de culpabilité, alors que l'absence de lettre ou d'explications laissait planer le doute. Le journal publiait également un encadré,

107

intitulé « Francine et François », précisant que l'assassin présumé était la sœur et non l'épouse de l'antiquaire.

- C'est vrai, ce qu'ils racontent ? C'était sa frangine ?

Le capitaine Jean-Pierre Mortier confirma que, pour une fois, le journal ne disait pas n'importe quoi : Francine Palomet, sœur et patronne de François, s'était bien suicidée dans sa voiture qu'elle avait garée sur le site du château. Selon toute vraisemblance, cela avait dû se passer au moment même où les gendarmes découvraient le corps de son frère.

Après l'enquête française, les gendarmes se mirent rapidement en contact avec les carabiniers. Les Italiens purent assez vite donner les noms des fournisseurs d'« antiquités ». Il s'agissait d'artisans qui tombaient des nues, car, s'ils connaissaient les antiquaires depuis plusieurs années, ils ignoraient tout de la façon dont leurs articles étaient commercialisés. Du coup, ils ne se firent pas prier pour dire tout ce qu'ils savaient. Leur réputation en Italie était bonne et ils ne voulaient surtout pas être impliqués dans une affaire d'escroquerie, alors, pensez, une affaire de meurtre... Grâce à leurs témoignages, les gendarmes comprirent que Francine voulait garder son frère pour elle seule. La rencontre de François avec la jeune femme avait tout fait déraper. Folle de jalousie, elle avait tué son frère dans la remise, puis s'était rendue à sa place au rendez-vous du château. La surprise et la panique aidant, elle n'avait pas eu de mal à pousser la jeune femme dans les oubliettes. L'enquête était close.

Rentrant à son bureau, il prit son courrier. Avec toute cette histoire, ça faisait plusieurs jours qu'il n'avait pas ouvert la boîte aux lettres : factures, publicités, impôts et une enveloppe marron, plus grande et plus épaisse que les autres. Elle avait été postée au Luxembourg par une certaine Simone van Dekherkove, dont son amie lui avait déjà parlé.

Cher monsieur, nous ne nous connaissons pas, mais notre amie commune m'a chargée de vous envoyer cette lettre, qu'elle a écrite pour vous. Je la poste ce mercredi, comme elle me l'a demandé. Je vous souhaite une bonne lecture et vous adresse mes salutations les plus cordiales. Simone

Postée mercredi. Le jour de la disparition de son amie. Ses mains tremblaient en ouvrant l'enveloppe écrite à l'encre rose et adressée à « mon cher Gérard Vernier ».

Mon Gégé que j'aime,

Je sais que tu vas m'en vouloir de ne t'avoir pas parlé plus tôt de ce qui m'arrive, mais je ne le pouvais pas. Tu vois, tu es le premier à qui j'en parle. Car ma brave Simone sert d'intermédiaire, mais elle n'est au courant de rien.

Au moment où tu lis cette lettre, sache que je me prélasse sur une plage à l'autre bout du monde avec mon amoureux. Oui, tu as bien lu. Ne sois pas jaloux, s'il te plaît, ou du moins, pas trop. Je n'ai pas joué avec toi, j'étais sincère, mais voilà, ce qui m'est arrivé a été tellement fort, tellement brutal, tellement merveilleux, que je n'ai pas pu lutter.

Je pense que tu connais l'antiquaire qui habite à la sortie du village. Oui, bien sûr, tu le connais. Ce que tu ne sais pas, c'est qu'il s'appelle François et que je l'aime. Tout serait pour le mieux dans le meilleur des mondes s'il ne vivait pas avec sa sœur. Une drôle de bonne femme qui me fait vraiment peur. François dit qu'il ne faut pas, qu'elle paraît comme ça, mais qu'elle n'est pas méchante, au fond. C'est parce qu'ils ont perdu leurs parents très jeunes et ont toujours vécu ensemble. Ils s'adoraient. Ils s'adorent toujours, mais elle n'a jamais supporté qu'il tombe amoureux et n'a jamais voulu qu'il la quitte. Moi, je dis qu'elle est folle.

Pour que tu comprennes bien, il faut que je te dise autre chose. Ça, il ne faut pas que tu ailles le raconter aux flics, quoi qu'il arrive. Je te fais confiance, mais c'est pour ça que je te le dis maintenant que je suis au bout du monde. Voilà. Être antiquaire, tu sais, c'est pas si facile que ça et... enfin, comment te dire, il y a des petits trafics. Par exemple, François avait trouvé un ange dans une église, très joli, vraiment, et ça plaisait beaucoup aux gens. Eh bien, il en a fait fabriquer des copies qui se vendaient très bien. 3 500 euros l'ange, tu te rends compte ? Moi qui me fais à peine 800 euros pour guider des connards dans les grottes et leur raconter des histoires sur Cro-Magnon. Toujours est-il que ça permet de faire bouillir la marmite, comme dit François. Et c'est là que j'ai eu l'idée. Tu vas être fier de moi.

À cause de sa sœur, on n'a parlé à personne de notre histoire. Il venait chez moi, j'allais le retrouver quand il était en déplacement, mais on se cachait et

109

ça, c'était pénible. J'en viens à mon idée. Un jour, je lui dis : si on faisait fabriquer des anges et qu'on les planque chez moi, ou mieux, dans l'appartement du dessus qui est toujours vide et dont je me suis procuré la clé en racontant des histoires au concierge, on les vendrait, on mettrait l'argent sur un compte à nous deux et on pourrait partir tranquilles au soleil. Alors, la Francine, elle ne pourrait plus rien contre nous. Il a dit oui, preuve qu'il m'aime. C'est fabriqué en Italie, ces trucs-là. On y est allé ensemble, on a passé notre commande et on part lundi…

Voilà, mon Gégé, j'espère que tu me pardonnes. Dès que c'est possible, je te fais signe pour que tu viennes nous voir parce que tu me manques déjà.

Ta Carla

Il se leva pour fermer le verrou, replia délicatement la lettre et la glissa dans la poche intérieure de sa veste.

DRAGON ROUGE

Frédéric Serre

La nuit vient de tomber sur Paris. La plupart des gens ne rêvent que du plus beau coucher de soleil tandis que moi, je n'attends qu'une chose.

Que le jour se lève de nouveau. La nuit m'angoisse. Non pas que je la déteste, elle nourrit mon métier. Le temps nocturne a ses évènements, ses secrets.

J'ai résolu une grande partie de mes enquêtes grâce à la nuit. Elle me livre des informations. L'obscur ciel est mon ombre.

C'est un compagnon facétieux, mais nécessaire. J'associe malgré tout plus facilement la nuit à la mort ; c'est pourquoi je préfère les levers de soleil. Je suis debout devant ma grande vitre, engoncé dans mon costume un peu étroit. La tour Eiffel vient de s'éteindre. Encore un attentat. On faisait pareil avec ma femme. Quand tout allait mal, on éteignait la lumière. J'imagine que la communication, c'est mieux que rien.

Un étage plus bas, un de mes hommes prend sa déposition. Quand on est une célébrité, on a le droit à certains égards. Personnellement, je ne pense pas que cela soit du favoritisme. Juste une forme de respect. Cet homme, fils d'agriculteur, a mon estime même si je ne crois pas un seul de ses mots.

Il a mon respect pour s'être élevé tout seul, comme une mauvaise herbe parmi le jardin royal. Il est parti de rien. Il a commencé par faire quelques annonces dans les foires. Le temps a passé jusqu'à ce qu'il fasse ses premières prédictions en public. Toutes justes. Attentats, assassinats, délits financiers, élections internationales, infidélités ou secrets de telle célébrité. Un véritable don de Dieu ou un cauchemar pour les autres. Tout dépend du point de vue.

Pierre Delabre intrigue au-delà de ma compréhension.

Il doit se prendre pour Edgar Cayce ou quelque chose dans le genre. J'ai toujours été dubitatif devant ces augures de l'humanité. J'ai déjà du mal à prédire le présent alors l'avenir, pensez donc. Mon ancienne femme aurait certainement tué pour avoir une dédicace ; moi j'aurai une déposition.

J'ai demandé à Berthier de s'en charger parce qu'il est consciencieux. Je le connais. Il marquera tous les détails. Déjà que je n'aime pas la nuit, je sens que cette fois-ci, elle ne va pas me faciliter la tâche.

Aubry rentre dans le bureau. Il m'apporte le rapport sur le réseau ukrainien. Encore une affaire opaque. Il y a des mois de travail dans ce classeur et aussi beaucoup de zones d'ombre. Un peu trop à mon goût. Ce réseau de prostituées est si bien organisé que nous avons des difficultés à enquêter, à identifier les coupables. Des escorts de luxe se baladent tranquillement dans la capitale en limousine et viennent apporter le dessert à la fin du repas.

Tout est compliqué, car évidemment, il y a des hommes d'affaires, des politiciens, des célébrités et pas beaucoup de gars de la classe moyenne. Le préfet ne veut pas de scandale. Ce sont les ordres.

Aubry suggère de renforcer la surveillance des sociétés de limousines puis d'essayer de déterminer les trajets les plus courants. Pas bête.

Je lui dis qu'il me faut plus d'informations. Je veux savoir où en est l'audition avec Delabre. Lorsque Berthier aura fini la clôture, qu'il vienne me voir avec Le Goff et Mallet. J'insiste sur le fait que Pierre Delabre doit se sentir en confiance. Qu'on lui apporte quelque chose à manger et à boire. Sous étroite surveillance.

Aubry s'éclipse.

Je regarde le dossier du réseau ukrainien. Un détail me dérange. Les prostituées sont moins nombreuses qu'au printemps dernier alors que le nombre de visas ne cesse d'augmenter. Je n'ai pas l'impression que cet élément ait tapé dans l'œil d'Aubry. C'est certainement pour cette raison qu'il n'est pas commissaire divisionnaire.

Où sont ces filles ?

Le téléphone sonne. C'est Berthier. L'audition est terminée. Je propose une évaluation avant toute décision.

Tout le monde dans mon bureau avec du café.

Mon équipe est là. Ce sont mes hommes. Pas les meilleurs, mais loin d'être les plus mauvais. Berthier nous lit la transcription de l'audition. Surréaliste. Je m'attendais à tout, sauf à ça. Je dois donner l'impression d'être gêné, mais Le Goff, Mallet et Aubry détournent le regard. Ce sont des hommes simples. Ils vivent sur terre. Ils ont besoin de preuves. C'est au-dessus de leurs forces. Je demande à Berthier de relire un passage.

Pierre Delabre, le médium international, est venu dans nos locaux pour témoigner d'un meurtre qu'il a vu dans une de ses visions. Je savais que la nuit allait être difficile, mais vraiment je suis décontenancé.

Monsieur Delabre est un citoyen comme les autres après tout.

Son témoignage, ou plutôt la description de sa vision, relate de façon assez confuse un meurtre par noyade.

Il n'était pas là. Il ne sait pas où cela s'est produit, mais il a vu un meurtre. La quadrature du cercle. Je demande à ce que l'on fasse venir ma bête noire. Finalement, le dossier ukrainien n'est pas si mal.

Je ne la supporte pas, mais j'ai besoin de son avis. Karine de Belleville est notre psychologue. Je suis comme mes hommes, j'ai besoin de comprendre.

Après un bref résumé, elle avoue, avec une fausse modestie, être déstabilisée par la situation même si je lis dans ses yeux une excitation intense. Pensez donc. Un homme illustre. Un cas exceptionnel. Peut-être un livre ?

Je la déteste, mais je reste courtois. Tout professionnel proche de la retraite devrait avoir acquis cela. Mépriser avec finesse. Dédaigner avec grâce.

Je lui propose de rencontrer Delabre. Elle devrait s'entretenir avec lui s'il est d'accord. À ce stade, nous ne pouvons rien faire d'autre. Je ne connais pas son métier. Pour moi, Delabre et De Belleville sont sur la même rive et elle est brumeuse.

Je veux juste savoir si ce type n'est pas complètement fou.

La nuit a été longue. Une équipe est intervenue dans le quartier Saint Lambert. Deux bandes rivales interpellées et trois blessés chez mes agents.

En début de soirée, Pierre Delabre a bien voulu rencontrer De Belleville. L'entretien a duré un peu plus d'une heure puis on l'a laissé partir.

Il est tard. Je laisse quelques instructions à mon jeune protégé, Royer. Il manque encore d'expérience, mais je sais qu'il fera tout ce qu'il faut jusqu'à mon retour.

Tout est éteint dans mon bureau. La tour Eiffel illumine de nouveau la nuit.

Je peux y aller.

Mon appartement est confortable. J'aime regarder le soleil se lever.

Natasha n'est pas encore rentrée. Un jour, elle m'a dit qu'elle n'arrivait pas à être fidèle. J'aime quand les choses sont claires alors je m'arrange avec.

Je ne peux pas m'empêcher de penser à Pierre Delabre. Qu'est-ce qu'on va bien pouvoir faire avec ça ?

Je passerai un appel au procureur. Je suis curieux d'entendre son avis.

Les premières lueurs de l'aube apparaissent. Comme c'est beau.

Je peux aller me coucher.

Les heures ont passé. J'ai croisé Natasha à mon réveil. On a déjeuné, fait l'amour puis je suis revenu au commissariat.

Je m'énerve depuis une heure. Tout le monde rase les murs.

Un SIG-Sauer SP 2022 a disparu de l'armurerie. J'ai demandé à Berthier de s'en charger. Tôt ou tard, le responsable sera identifié et la sanction exemplaire.

J'attends qu'Aubry revienne. J'ai une note de service qui confirme une avancée dans le dossier ukrainien. Les nouvelles ont intérêt à être bonnes. Je ne suis pas d'humeur.

L'appel avec le procureur a été bref. Si j'ai bien compris, nous avons été complaisants en acceptant de prendre cette déposition. Il ne s'est pas non plus éternisé. Pierre Delabre est connu. Je ne ferais pas véritablement mon travail si je ne faisais pas preuve de circonspection.

J'appelle Le Goff. Qu'on fasse patrouiller sur les quais au cas où.

Ce ne serait pas la première fois qu'on trouverait un cadavre dans la Seine.

Karine de Belleville est dans mon bureau. Elle me tend ses conclusions.

L'entretien s'est bien passé. Pierre Delabre présentait un état d'angoisse évident. Cependant, ses propos sont cohérents selon elle.

Un meurtre dans une vision ? La main du dragon rouge enfonçant la tête d'une femme à la chevelure d'argent dans l'eau écarlate ? Des propos cohérents ?

De Belleville m'explique qu'il ne faut pas considérer l'imagerie brute de son récit, mais plutôt le ressenti de Pierre Delabre. Il a vu quelque chose, il a eu peur et il est persuadé que ce qu'il a vu, est vrai.

Je lui demande si elle le pense instable ou bien sujet à une tentative de suicide. Elle me répond qu'il est trop tôt pour se prononcer.

Je suis dubitatif. J'ai malgré tout envie de gagner du temps, car je trouve le comportement de Delabre suspect. Il n'y a pas de fumée sans feu.

Je ne me sens pas dans mon élément. Je délègue. Peut-être pourrait-elle tenter de persuader Pierre Delabre de la revoir afin d'affiner sa déposition ?

Nous convenons qu'il nous faut plus de précisions concernant cette vision un peu floue.

Je stipule que nous en avons fini pour aujourd'hui.

Karine de Belleville quitte mon bureau telle une impératrice.

Je m'octroie une pause avant de relire cette déposition fantaisiste. Qu'est-ce que c'est que cette histoire de dragon rouge ?

Je souris. Mon métier est plein de surprises.

Le téléphone sonne. C'est Aubry. Il arrive bientôt. Je le sens tout excité.

Mon instinct me dit que les choses vont accélérer.

J'ai réuni tout le monde dans mon bureau. Berthier, Le Goff, Mallet et moi-même écoutons attentivement le rapport d'Aubry. La surveillance des limousines a payé.

Une des équipes d'Aubry a photographié un homme effectuant régulièrement des transactions pour le compte d'une société de limousines. Cet homme s'appelle Melnyk.

Originaire d'Ukraine, on l'a vite identifié avec son passé de proxénète. Enfin une piste.

Il est a priori l'intermédiaire qui soudoie les chauffeurs. Si on l'arrête, on stoppe les balades, mais pas l'activité des chefs du réseau.

Il faut commencer à préparer une opération de grande envergure.

Je demande à Aubry de ne pas lâcher Melnyk. À un moment ou à un autre, il faudra bien qu'il contacte ou qu'il voie ses commanditaires.

Ce soir, Karine de Belleville reçoit de nouveau Delabre. Je donne les dernières consignes puis je congédie l'équipe. J'ai de la paperasse à trier.

L'après-midi passe comme une journée au soleil. Elle est longue et ennuyeuse.

Je reçois un appel téléphonique du secrétariat général du Ministère. Je dois déjeuner demain avec Charles Briard, le conseiller du grand patron. Je l'ai déjà croisé plusieurs fois. C'est un habile politicien. J'imagine qu'il a un message pour moi.

Je suis rentré quelques heures chez moi. J'ai pris une douche. J'ai fait un somme. Natasha m'a raconté sa journée. On a regardé un film, grignoté quelques amuse-bouches puis je suis reparti travailler.

Berthier vient de quitter mon bureau. Je lui ai demandé d'être présent lors de la seconde audition de Delabre. Je sais que Karine de Belleville va m'appeler pour refuser sa présence. Elle va arguer du fait que c'est un entretien psychologique, protégé par le secret médical.

Comment peut-on être aussi naïf ?

On ne partage jamais un secret à deux.

On est partis en urgence avec tous les hommes disponibles aux Invalides. Un forcené avait pris en otage sa femme et son gosse. Lorsqu'il a vu une centaine de policiers autour de lui, je crois que la pression a été trop forte. Il s'est tiré une balle dans la gorge. Opération terminée. On m'a félicité pour la maestria dont j'ai fait preuve. Moi je dis qu'on a eu beaucoup de chance.

On est tous rentrés au commissariat, désabusés. Mes hommes et moi, on est comme un essaim d'abeilles. Il suffit qu'un seul soit mal pour que les autres le soient aussi.

La soirée est loin d'être terminée. Un appel d'urgence de Berthier. Pierre Delabre a eu une vision pendant l'entretien. Il fait une crise de spasmophilie.

J'envoie des hommes et j'appelle le médecin.

Pierre Delabre convulse. Il est à terre. Le médecin tente de le calmer avec un sédatif, mais rien n'y fait. Il crie que le dragon rouge en a tué une autre. Qu'il a étranglé de ses mains. On a du mal à le maintenir immobile.

En accord avec le médecin, j'appelle le préfet et je demande une hospitalisation d'office provisoire.

Il y a du thé et des bris de tasse partout. Karine de Belleville est choquée. La réalité, ça fait toujours peur aux psys.

Une heure a passé.

Delabre est en observation à l'hôpital. On a raccompagné De Belleville chez elle.

La salle a été nettoyée.

Je rentre.

Je suis dans mon fauteuil. Natasha me regarde avec ses beaux yeux ronds. Elle est curieuse. Elle insiste pour que je lui parle de Delabre.

Je souris.

Natasha est intarissable à son sujet. Elle me raconte qu'un jour, elle est allée le voir en consultation. Le médium lui a prédit un destin exceptionnel. Elle sera l'épouse d'un homme important.

Je ris jaune. Je ne fais pas partie de l'équation.

Ça ne nous empêche pas de boire quelques verres puis de nous enlacer lorsque l'aube approche. Demain, j'ai deux jours de congé. Après le repas avec Briard, j'emmènerai Natasha à la campagne. Je crois qu'elle est contente.

C'est la fin de matinée. J'ai dormi quelques heures. Je me sens reposé. Natasha a eu la bonne idée de vérifier l'adresse du restaurant où j'ai rendez-vous. Un établissement de luxe. Je n'ai pas l'habitude alors Natasha me guide pour le costume.

Je suis prêt. Nos bagages aussi. Elle me rejoindra au restaurant vers quinze heures puis nous partirons.

Le conseiller Charles Briard est poli. Il me propose l'apéritif. Nous sommes dans une salle immense. Les lumières flamboyantes du restaurant se reflètent dans les verres et le cristal.

Ce fin négociateur joue la séduction.

Je suis félicité. Le ministre est content.

Les résultats dans mon arrondissement sont excellents. Une conférence de presse est prévue pour bientôt dans mon commissariat.

Il me demande où en est le dossier ukrainien. Même si je suis un peu surpris qu'il soit au courant, je ne m'offusque pas. Peut-être que finalement ça me rassure de savoir que le ministère est informé de tout.

Je reçois quelques consignes de prudence de la part de mon patron. Notre ministre a des ambitions. Les présidentielles commencent dans onze mois. Pas de vagues, mais des votes.

Briard me demande de réfléchir à une collaboration.

Je suis un peu étonné, mais flatté.

Le repas a été fabuleux. Je quitte Briard pour Natasha. La campagne nous attend.

Natasha finit une sculpture en bois tandis que je rêvasse devant un feu de cheminée. Cette petite maison normande, c'est le cadeau que je me suis offert.

C'est la partie lumineuse de mon travail.

Je bois un verre de vin tout en devisant l'avenir.

Je ne suis pas Pierre Delabre et mes visions ne dépassent jamais le présent immédiat. Je crois que je préfère regarder les flammes brûler.

Un feu de cheminée, c'est comme un lever de soleil. Ça fait du bien.

En fin d'après-midi, j'ai envoyé un mail à Royer. Que l'on surveille attentivement Pierre Delabre. Quant au dossier ukrainien, je veux un plan d'action dans les quarante-huit heures.

Tout est réglé, je peux réfléchir tranquillement.

En regardant les flammèches danser devant moi, je ne peux m'empêcher de penser à ce dragon rouge. Que se passe-t-il dans la tête de Pierre Delabre ?

J'ai beaucoup de difficultés à imaginer que cela ne soit pas relatif à un trouble psychique, mais je dois admettre que je ne suis pas expert en la matière.

Tandis que j'apporte un verre à Natasha, elle me gratifie d'un sourire délicieux. Je vérifie la tenue de mon bœuf bourguignon.

Je retrouve mon feu qui crépite. Je dois organiser cette opération, la penser. Un doute me taraude. Natasha me rejoint sur le canapé. On trinque et on parle de l'avenir même si je n'y connais rien.

Je crois que je suis heureux.

Le week-end a filé comme le vent.

Cette nouvelle journée se transforme en corne d'abondance. Aubry a identifié toutes les sociétés de limousines délictueuses. Melnyk a dévoilé sa planque. On a quasiment tout. Des échanges téléphoniques, les photos des transactions avec les prostituées, ses relevés bancaires. Je charge Aubry de mener l'opération. Je serai là.

J'exhorte mes troupes, on y va. Si Aubry contrôle la situation, je le nomme capitaine.

Je suis revenu au commissariat en attendant le résultat des saisies. Je me demande si un dieu me protège. Aubry a géré l'opération d'une main de maître.

Melnyk a été arrêté ainsi que toutes les prostituées. On a même découvert un carnet relatant la liste des clients. Tout est codé, il faut attendre.

Cette fois-ci, j'ai eu le ministre en personne au téléphone. Nouvelles félicitations. Je n'ai fait que mon travail, mais je suis invité prochainement. On me demande à la cour.

J'accepte, je remercie. Lorsque je raccroche, je n'ai qu'une pensée. Natasha.

Aubry me rejoint plus tard dans mon bureau. Il parle. J'ai besoin de m'asseoir. On a trouvé des vidéos de caméra de surveillance montrant des allées et venues de prostituées au domicile de Pierre Delabre. On a également traduit le carnet d'adresses de Melnyk. Son plus gros client est un certain *Chervonyy Drakon*. Dragon rouge en ukrainien.

Je ne réfléchis pas très longtemps. Pierre Delabre est désormais en garde à vue.

J'ai l'impression d'être un dictateur sud-américain.

Pierre Delabre est derrière la vitre sans tain avec Aubry. Il est tout juste conscient. Il bredouille des phrases incompréhensibles, répond difficilement aux questions. Il a reçu des prostituées chez lui. Il est dans le carnet. Tout indique qu'il est dragon rouge.

Que répond-il à cela ?

Aubry est impitoyable, vicieux. Je l'ai déjà nommé capitaine, mais il ignore encore sa nouvelle promotion.

Pierre Delabre délire. Il alterne des phases de mutisme avec des accès de fureur où il décrit d'autres meurtres. Je crois qu'il est fou.

Il hurle les mots de dragon rouge, on ne peut plus communiquer avec lui.

Je fais cesser l'interrogatoire. Pierre Delabre est conduit en cellule.

Je suis rentré chez moi. Natasha est avec une amie ce soir. Je ne sais pas si c'est vrai. Tout ce que je veux, c'est qu'elle revienne. J'ai besoin d'elle. C'est une bénédiction qu'elle ne me voie pas ce soir. Je suis comme une âme en peine. J'erre dans l'appartement sans savoir quoi faire. Tout est brumeux.

Berthier m'a appelé. On a retrouvé le cadavre d'une jeune femme dans une barrique de bière. Sordide. L'entrepôt est situé près des quais.

J'ai besoin de fraîcheur, je prends une douche.

Je crois que la nuit a écrasé mon sommeil. Je me lève en retard. Natasha n'est pas rentrée. J'ai beau être un mur, il se fissure.

Je rentre au commissariat.

Cette journée est terrible. On m'annonce que Pierre Delabre s'est pendu avec sa chaîne en or. Ne l'a-t-on pas fouillé et privé de ses effets personnels avant de le mettre en cellule ?

J'enrage. Des têtes vont tomber.

Je suis dans une position délicate. Je fais prévenir ses proches.

Sa mère et son frère seront présents dans la journée.

J'ai reçu un appel du préfet. Nous sommes plus ou moins d'accord pour ne pas dévoiler l'histoire aux médias si la famille en convient. Pierre Delabre est mort chez lui dans son sommeil.

Sa mère et son frère ne semblent pas étonnés. Selon eux, il divaguait depuis plusieurs semaines. Madame Delabre est en pleurs, mais je crois qu'elle est soulagée.

Je les laisse en compagnie de Karine de Belleville. Si elle peut faire quelque chose, c'est le moment.

La semaine est riche en informations. On annonce la mort du célèbre médium Pierre Delabre. Mon ministre déclare publiquement qu'il démissionne après un bilan exceptionnel. Il informe de sa candidature à l'élection présidentielle.

Les images défilent en boucle.

Nous sommes invités Natasha et moi au Pré Catelan pour un bal. Des invités prestigieux ainsi que de nombreux donateurs seront présents au pavillon Napoléon III.

Mon ministre a tout prévu et depuis longtemps.

J'ignore encore ce qu'il veut de moi. J'imagine que je le découvrirai lors de cette soirée. Charles Briard a programmé un tête-à-tête.

Natasha est toute excitée. Elle doit acheter une robe et des colifichets pour parfaire l'illusion.

Finalement, la prédiction de Pierre Delabre va peut-être se réaliser.

Le grand jour est arrivé. Une cohorte de limousines et de voitures de luxe défile devant le perron du pavillon. Tous les puissants de ce monde sont là ainsi que leurs serviteurs. Je sais bien que je ne suis qu'un pion dans cette partie, mais je souris.

Je porte un smoking. Natasha marche à mes côtés dans une robe de grand couturier. Je ne peux rien lui refuser. Elle irradie tel un soleil.

Nous batifolons dans cette assemblée où tout le monde fait semblant. Nous portons des toasts au candidat. Tous les sondages sont excellents. Le lieu regorge de tant de richesses que l'argent en devient presque palpable. Il ne manquera de rien, tout est prévu.

La victoire ne fait aucun doute.

Charles Briard nous prend tous les deux par la main. Il sourit. Nous entrons dans un bureau privé aux meubles classés. Deux agents de protection rapprochée montent la garde.

Mon ministre s'avance enfin vers nous, le sourire béat.

Tandis qu'il pose ses mains sur mes épaules, j'ai le sang qui se glace. Il séduit Natasha avec un regard de convoitise et sur sa main je vois sa chevalière, ornée d'un dragon rouge.

C'est lui le prochain président.

Lui ou moi

Aurore Suzanne

Perdue dans la nuit, je ne sais pas où je vais. Je roule en attendant de trouver un lieu familier, un chemin connu auquel me raccrocher, un endroit sûr où je serai protégée. Je veux rentrer chez moi. Mais vais-je seulement dans la bonne direction ?

La pluie a commencé à tomber. Dense et froide, elle inonde le pare-brise, réduisant la visibilité au minimum.

Je n'arrive pas à me focaliser sur la route. À un moment, je dévie légèrement de ma trajectoire. En face, un automobiliste klaxonne, me faisant sursauter. Je donne un coup de volant pour me remettre sur ma voie juste à temps pour l'éviter et me décide à ralentir. Je jette un œil dans le rétroviseur intérieur, paniquée. Je m'attends à tout moment à voir un gyrophare surgir derrière moi.

Un panneau indiquant un parking apparaît sur le bord de la chaussée ; je choisis de le suivre et de m'arrêter, puis coupe le moteur et éteins les phares. J'ai peur, mes mains tremblent encore des évènements de la journée. J'ai froid, aussi. J'allume le plafonnier et me regarde dans le miroir du pare-soleil pour voir l'étendue des dégâts. Mais la vue de mon reflet manque de m'arracher un cri. Mes cheveux sont décoiffés, ma lèvre fendue, et mon regard hagard. J'ai les yeux rouges, des traces de larmes sur mes joues et aussi une légère coupure à la base du cou. Je passe l'un de mes doigts dessus avec délicatesse. Le sang a déjà coagulé.

Mais il y a autre chose…

Je ne me reconnais pas.

Quelque chose en moi a changé. Je ne serai plus jamais la même.

***

124

Lorsque Marc Dubeley se réveilla ce matin-là, il trouva sa femme Émilie encore endormie à côté de lui. Il décala ses cheveux blonds du bout des doigts et lui donna un tendre baiser sur l'épaule avant de se lever sans faire de bruit. D'habitude elle se levait avec lui, mais elle était rentrée tard hier du forum auquel elle avait assisté à Paris et il voulait la laisser profiter de son sommeil au maximum. Aussi, sans allumer la lumière, il prit quelques affaires au hasard dans le placard et s'enferma dans la salle de bain pour s'habiller sans la déranger.

Il était en train de se raser lorsqu'il reçut un message du bureau. Un corps avait été retrouvé sur le bord d'un chemin forestier sur la route de Rouen. Une mort suspecte. Son équipe était en charge de l'enquête et il devait se rendre sur les lieux sans tarder pour les premières constatations.

Depuis 13 ans qu'il était dans la police, le commandant Marc Dubeley avait peu l'habitude des affaires de meurtres. C'était une bonne chose ; la région était plus tranquille et plus sûre que la moyenne. Il trouvait néanmoins ces enquêtes stimulantes intellectuellement, même si elles étaient parfois compliquées. Il fallait pouvoir gérer à la fois la tristesse et l'incompréhension des familles et les questions de la presse. On devait aussi remonter la vie des victimes et parfois déterrer des secrets enfouis que tout le monde voudrait taire.

Il finit de se raser et se rendit dans la cuisine pour se préparer un petit-déjeuner. Il avait besoin de manger pour être en forme et son équipe n'était pas à cinq minutes près. Quelques biscottes beurrées et un kiwi feraient parfaitement l'affaire.

Une fois qu'il eut terminé son café, il écrivit un post-it à sa femme pour lui souhaiter une bonne journée. Après sept années de mariage, il l'aimait toujours autant et il adorait s'occuper d'elle et la chouchouter. Il colla le feuillet bien en vue sur le réfrigérateur, enfila son manteau, et s'éclipsa en vitesse.

Le trajet en voiture dura environ une heure pendant laquelle il écouta l'un de ses albums rock préférés. Il avait toujours aimé écouter la musique le matin, cela lui permettait de se réveiller et d'entamer la journée de bonne humeur. Son métier n'était pas facile tous les jours et il avait souvent besoin d'évacuer, de s'enfermer dans sa bulle à lui. Pour s'imprégner du rythme et se donner de la force en prévision de la longue journée qui l'attendait, il augmenta un peu le volume et se mit à fredonner.

Le temps était gris, maussade, et le vent d'automne faisait voler les feuilles mortes alors que le rouge orangé habituel s'était installé dans les arbres. Marc aimait beaucoup cette saison, même si les jours raccourcissaient à vue d'œil, laissant le froid et le mauvais temps s'installer. D'ailleurs il avait plu une bonne partie de la nuit. Il espérait que cela n'avait pas effacé d'indices sur la scène de crime.

Une fois arrivé sur place, Marc n'eut aucun mal à repérer son équipe. Ils s'étaient garés une centaine de mètres en amont sur le petit chemin de terre et bloquaient complètement le passage. Le ruban jaune pour délimiter la zone avait déjà été installé, formant une figure géométrique indéterminée entre les arbres. De loin, Marc voyait bien les scientifiques s'affairer autour du corps telles des fourmis dans une fourmilière, à la recherche de traces et d'indices quelconques.

Le policier s'approcha et demanda à voir le corps. Il s'agissait d'un homme, en position allongée sur le ventre. Son visage, face contre terre, était caché par les feuilles humides. Marc dut attendre encore quelques minutes pour que le légiste retourne la victime, avec toute la délicatesse possible.

Le visage apparut alors, terne et sans couleur. Les yeux sombres de l'homme étaient restés ouverts et semblaient fixer un point dans l'infini. De la terre humide était collée sur sa peau froide, résultat de la pluie de cette nuit. La victime avait vraisemblablement la quarantaine bien entamée et se trouvait sans doute plus proche de la cinquantaine. Il était blanc, de taille moyenne, plutôt quelconque, et était habillé en costume de ville, avec une veste, chemise blanche et un pantalon en jean accompagné de chaussures en cuir. On devinait un homme qui prenait soin de sa personne, sans doute un commercial ou autre professionnel en déplacement.

Une large tache rouge sombre s'étendait sur le flanc gauche de la victime et remontait jusque sous l'aisselle. Du sang.

Le commandant voulut en savoir plus.

– Quelle est la cause du décès ?

– Il semblerait que ce soit un coup de couteau, comme on peut le voir là... – répondit le légiste, montrant la blessure – Je vous le confirmerai après l'autopsie. Ce qui est certain, c'est que la mort remonte à moins de 24h. Cela a eu lieu hier dans la soirée, je dirais entre 20h et 23h. Mais avec les conditions météorologiques actuelles, le corps a peut-être refroidi un peu plus vite que prévu. Je vous donnerai des données plus précises quand je l'aurai examiné.

Marc acquiesça, habitué à cette procédure.

– On a retrouvé l'arme du crime ?

– Ah ça, commandant, ce n'est pas à moi qu'il faut le demander ! La seule chose que je peux vous dire c'est qu'elle n'est plus dans le corps. Elle n'est pas dessous non plus. Soit l'assassin est reparti avec, soit il l'a balancée un peu plus loin.

En levant la tête, Marc s'aperçut que l'équipe de recherche explorait toujours la zone autour de la dépouille. Ils avaient peut-être déjà relevé des indices ; il irait les voir dans un instant. Pour le moment, deux questions restaient en suspens. Qui était cet homme et que faisait-il au milieu de ce bois, seul, en soirée ?

– A-t-il ses papiers sur lui ?

Le légiste examina les poches de l'homme et secoua la tête.

– Non. Rien.

Le commandant allait se détourner de lui lorsque le légiste s'exclama.

– Ah ! Curieux ! Regardez donc !

Marc se pencha vers la victime et regarda dans la direction que lui indiquait le médecin.

– Vous voyez là, la ceinture du pantalon est détachée et le jean est ouvert. Et on peut voir que le sous-vêtement est mal mis… C'est assez évocateur…

– Vous pensez à une relation sexuelle ?

– Oui, c'est ce qui me semble le plus probable.

– C'est un endroit assez étrange pour ce genre de chose, non ?

– Vous savez, on voit de tout de nos jours. Moi, plus rien ne m'étonne. – répondit le médecin, sans lever les yeux – Mais sincèrement, je doute que cela ait eu lieu ici.

– Qu'est-ce qui vous fait dire ça ?

– La pluie diluvienne d'hier soir, le froid, la nuit, le fait qu'il n'y avait pas de terre sur l'arrière de ses vêtements, sur ses mains non plus… Cela a pu avoir lieu dans un véhicule, mais pas dehors. Ou alors la victime a été tuée ailleurs et déplacée ici plus tard.

– Mais dans ce cas on l'aurait caché plus loin dans la forêt, vous ne pensez pas ?

– Pas s'il pleuvait et si l'assassin avait peur de se mouiller ! Et puis même, la nuit était tombée, il fallait s'éloigner de la voiture et porter en même temps un corps et une lampe torche. C'est lourd, un homme de cette corpulence. Si l'assassin est une femme, elle a pu ne pas pouvoir le porter plus loin, tout simplement.

Le commandant remercia le légiste et s'approcha du reste de l'équipe. Des scientifiques en blouse blanche prenaient encore des photos du chemin de terre où des traces de pneus boueuses et profondes apparaissaient encore. Elles passaient aux pieds de la victime et continuaient un peu plus loin pour faire demi-tour.

Le légiste avait sans doute raison : la victime était si proche de la route, elle avait pu être déposée là depuis un véhicule. L'assassin n'avait pas pris la peine de descendre pour la cacher alors que ces bois regorgeaient de planques en tout genre. Il avait préféré la rapidité, au risque que le corps soit découvert dès le lendemain. Marc n'aurait certainement pas agi ainsi s'il avait été à la place du meurtrier. La première chose à laquelle il faut penser en cas de meurtre, c'est à effacer ses traces. Le cadavre en fait partie. Il doit être retrouvé le plus tard possible, l'idéal étant qu'il disparaisse complètement. Dans ce cas précis, plusieurs mois d'exposition dans la forêt auraient permis d'effacer bon nombre d'indices. Ce n'était donc pas logique de l'avoir laissé là... à moins que...

Tout cela ne semblait pas prémédité. Le ou la meurtrière avait été dépassée par les évènements. Il ou elle avait eu peur et l'avait abandonné dans la forêt plus pour s'en débarrasser que pour réellement le cacher. Cela ressemblait à un acte irréfléchi poussé par la panique.

Mais alors, pourquoi avoir pris la peine de le conduire jusqu'ici ?

***

Je reste sur ce parking un bon moment. Ma mémoire me fait défaut, je ne me souviens plus de tout. Je suis sans doute en état de choc. Mais je dois me ressaisir, retrouver le contrôle de moi-même. Sinon tout le monde saura. Et cela ne doit pas arriver. Non, personne ne doit savoir.

Personne.

Une voiture passe non loin de là sur la route et continue son chemin. Je la regarde s'éloigner avec soulagement. Je ne veux pas être dérangée. Pas ici, pas maintenant.

Depuis tout à l'heure, je reste dans le noir. Invisible. Indétectable. J'essaie de résister à cette émotion qui m'envahit, de me convaincre que je suis une femme forte. Mais j'échoue. Je suis faible.

La crise survient. Les sanglots me secouent toute entière.

Que faire maintenant ? Que vais-je devenir ?

***

L'équipe de recherche n'avait pas encore fini d'explorer la scène de crime lorsque la pluie se mit à tomber de nouveau, fine et fraîche. Heureusement, le corps avait déjà été évacué un peu plus tôt et les empreintes de roues étaient moulées. Certains hommes étaient rentrés au bureau. Pour les autres, il fallait rester jusqu'au bout.

Le commandant Dubeley les assista dans leurs recherches. Pour le moment, ils n'avaient retrouvé ni l'arme du crime ni le portefeuille de la victime. Or, sans ses papiers ou autres indices sur son identité, il serait difficile de mener l'enquête à son terme.

Tous cherchèrent encore pendant deux heures avant de s'arrêter, découragés.

Ils n'avaient toujours rien.

***

Il a fallu plus d'une heure pour que je retrouve mes esprits. La mémoire des évènements, aussi. La rencontre, la route, la forêt, et puis ce cauchemar.

Et le sang, et la mort.

Je l'ai tué. Lui, un être vivant, un homme. Je ne pensais pas pouvoir faire cela un jour. Je me croyais tellement au-dessus de ces gens dans les faits divers ! Le pire, c'est que j'ai trouvé cela facile. Le couteau qui s'enfonce dans la chair tendre. En une minute, tout était fini. C'est si fragile, un être humain.

J'ai tué un homme. Je n'ai aucun regret à ce sujet, sa peine était entièrement méritée. Mais je ne veux pas payer pour ça. Pas pour lui.

Je me souviens encore de son sourire séducteur. Il avait l'air sympathique, je ne m'étais pas méfiée alors, et j'avais discuté avec lui. Je croyais qu'il était là pour la même raison que moi. Je n'avais pas imaginé pouvoir lui servir de proie. Lorsqu'il avait proposé de me raccompagner pour m'éviter les transports en commun et me permettre de partir plus tard, et parce que j'habitais sur sa route, j'ai accepté. Une erreur.

Au début, tout allait bien. Il conduisait sérieusement en regardant droit devant lui tandis que j'observais le paysage. Nous échangions quelques mots de temps à autre. Et puis, il a bifurqué dans un chemin forestier. Je me suis interrogée, sachant très bien que nous ne prenions pas la bonne direction. Inquiète, j'ai commencé à lui poser des questions, mais il ne répondait pas. Finalement, il s'est arrêté et m'a regardé. C'est là que j'ai compris.

Il a commencé par poser sa main sur ma cuisse. Furieuse, je l'ai giflé et ai tenté de m'enfuir. Mais la portière était verrouillée. Il m'a agrippée, serrant de toutes ses forces, me faisant mal.

Je n'avais pas vu le couteau au début ; il avait dû le cacher sous son siège. Mais je n'étais pas suffisamment docile pour lui, alors il a fini par me menacer avec, appuyant sa pointe sur mon cou.

Je ne sais pas comment j'ai fait pour m'en sortir, tout est allé très vite.

D'un coup, il est tombé sur moi. Il ne bougeait plus. Je me souviens encore de son parfum abject qui emplissait mes narines.

Alors j'ai paniqué.

J'ai ouvert la portière et l'ai poussé dehors, et puis je suis partie.

Et maintenant me voilà dans ce parking.

Il va falloir que j'efface mes traces, que je fasse comme si de rien n'était. Je ne sais pas si c'est possible, mais je peux au moins essayer.

Premier point à traiter : le corps. J'ai peut-être laissé un cheveu sur ses vêtements, ou mon ADN. Comment savoir ? Je suis partie trop vite, je n'avais pas réalisé alors. Maintenant il est dans la forêt, quelque part. Je ne saurais dire où. Et de toute façon, je ne tiens pas à retourner là-bas, j'aurais peur de craquer encore une fois. Alors tant pis. Avec un peu de chance, la pluie lavera mes erreurs.

Deuxième point : la voiture. Je m'en débarrasserai lorsque je serai rentrée. Pour l'instant, j'en ai encore besoin, je dois retourner à la maison.

***

Le soir, Marc Dubeley rentra chez lui épuisé. Entre son excursion en forêt, tout l'administratif et ses autres tâches et enquêtes, il n'avait pas vu la journée passer.

Il trouva Émilie dans la cuisine en train de préparer une tarte aux légumes. Il passa derrière elle et l'embrassa dans le cou.

— Bien ta journée ma chérie ?

— Hum, hum – dit-elle, en trempant un doigt dans son récipient.

— Et hier alors ? Il était intéressant ton salon ? J'ai vu que tu étais rentrée tard. Je suis désolé, je ne t'ai pas attendue, j'étais fatigué.

— Pas de souci. C'était moyen. C'était surtout la galère pour rentrer. Et toi, le boulot ?

— Pas terrible. On a retrouvé un corps aujourd'hui. Un meurtre.

— Tu es en charge de l'enquête ?

— Mon équipe, oui.

— Que s'est-il passé ?

— On ne sait pas. Un homme mort dans la forêt et rien d'autre autour. On n'a pas d'éléments pour enquêter, on n'a même pas son nom.

— Ah. Courage ! Tu finiras bien par trouver.

La voyant plus concentrée dans sa cuisine que dans la conversation, et ne souhaitant pas la déranger, Marc se dirigea vers le salon et alluma la télévision. Il tomba sur le sommaire du journal régional. Par chance, les journalistes n'évoquèrent pas le sujet. Il faut dire que les hommes étaient restés très discrets. Normalement personne n'était encore au courant.

Il repensa à l'enquête. À défaut d'avoir récupéré les papiers de la victime, ils avaient lancé une analyse ADN. Si l'homme avait été arrêté un jour, ils devraient pouvoir le retrouver dans leur base de données. Ce n'était qu'une question d'heures ; ils auraient le résultat dès le lendemain. Mais, s'il n'y avait pas de correspondance, alors il fallait espérer que quelqu'un s'inquiète à son sujet et vienne déclarer sa disparition. Pour le moment, ce n'était pas le cas, mais l'homme avait été tué moins de 24h auparavant. Il fallait être patient.

Émilie vint le rejoindre un peu plus tard, un plateau dans les mains. Elle amenait avec elle deux assiettes, deux verres, et sa tarte tout juste sortie du four. Elle baissa légèrement la luminosité de la pièce, s'installa à côté de lui et posa sa tête sur son épaule. Il adorait lorsqu'elle faisait ça, cela le faisait tout oublier. Même son enquête.

Le lendemain et les jours suivants, Marc et ses hommes continuèrent leurs investigations sans beaucoup plus de succès. L'ADN de la victime apparaissait bien dans l'une de leurs bases de données, mais aucun nom ne lui était rattaché. Et pour cause ! Il s'agissait d'une affaire non résolue datant d'un peu plus de trois ans. Une jeune femme d'une vingtaine d'années, agressée sexuellement et laissée pour morte dans une ruelle rouennaise. La fille avait survécu, retrouvée juste à temps par un couple qui rentrait d'une soirée bien arrosée. À l'hôpital, on lui avait fait une série d'examens et on avait découvert le viol. Elle avait ensuite été poignardée, sans doute pour éviter son témoignage.

La victime avait porté plainte, mais malheureusement, avait été incapable de décrire son agresseur. L'ADN retrouvé sur ses vêtements était un indice de taille, mais sans correspondance dans les bases, il ne servait pas à grand-chose. Ils avaient bien testé celui des personnes de son entourage, sans succès.

Aucun témoin. Aucun suspect. L'enquête n'avait rien donné.

Et voilà qu'aujourd'hui cet ADN refaisait son apparition. Le coupable était devenu victime. Alors avait-il des ennemis ? Oui. Une famille entière, détruite par sa faute. Ou peut-être une autre femme, agressée elle aussi. Cela expliquerait beaucoup de choses, notamment la braguette ouverte et la précipitation avec laquelle on s'était débarrassé de lui.

Marc sentait qu'il s'approchait de la vérité. Et, pourtant, sa victime restait inconnue. Personne n'était encore venu signaler sa disparition. Il devait vivre seul, sans femme et sans enfant ; on ne s'inquiétait pas pour lui.

Pas étonnant, ce n'était pas un tendre.

***

J'ai finalement réussi à retrouver mon chemin. J'en suis soulagée. Je gare la voiture un peu à l'écart de la maison, je n'ai pas envie que mon mari la voie. Il pourrait se poser des questions.

Avant de sortir, je vérifie que la rue est vide. Je ne veux pas être vue, pas dans cet état.

Personne. Je récupère mon sac au pied du siège passager et sors du véhicule en verrouillant la portière. Je nettoierai tout demain.

En passant sous un réverbère, je remarque que ma chemise est couverte de sang. Le sang de ce monstre. Des visions d'horreur me reviennent, où je vois ses yeux me fixer dans la mort. Je dois m'en débarrasser, la détruire. Mon mari ne doit pas la voir. Est-il réveillé ? M'attend-il ? J'essaie de regarder dans les interstices des volets, mais je ne vois aucune lumière. À cette heure-ci, il doit dormir. Dans le doute, je referme ma veste et mets mon sac devant moi.

Je rentre chez moi tremblante à l'idée d'être surprise. J'essaie de faire le moins de bruit possible. Je n'ai pas envie d'affronter son regard et ses questions. Pas ce soir. Je me dirige directement vers la salle de bain et m'enferme à l'intérieur pour me dévêtir. Choquée, je m'observe dans le miroir pendant un long moment. Puis, je prends une douche. Longue. Très longue. J'hésite à passer mes vêtements sous l'eau, mais ne le fais pas. Il faut que je puisse les cacher jusqu'à demain. Je remarque que mon sac aussi a été éclaboussé de sang. Il n'y a pas grand-chose, mais sans doute assez pour éveiller des soupçons. Je mets le tout dans un grand sac en plastique et me dirige vers la chambre sur la pointe des pieds. Dans le lit, une forme immobile légèrement éclairée par les chiffres du réveil. J'entends son souffle calme et régulier, apaisant. J'ai tellement envie de l'appeler, de tout lui raconter et chercher du réconfort ! Mais je ne peux pas.

Je glisse le sac rapidement sous mon côté du lit, là où il ne cherchera pas en se levant. Puis, je m'allonge auprès de lui.

J'attends le sommeil, mais il semble me fuir. La nuit sera longue.

***

Deux semaines passèrent, pendant lesquelles l'enquête ne progressa pas. Marc, ne sachant plus par où chercher, se concentrait principalement sur ses autres affaires.

Le temps passant, il s'était décidé à réaliser un portrait de la victime pour le publier dans les journaux. Il n'aimait pas rameuter la presse, mais il devait bien avouer que l'entraide était parfois utile. Le texte avait été validé dans l'après-midi. Le temps de le transmettre, l'encart devait paraître dans les éditions locales du lendemain. Pour le moment, les journaux télévisés ne seraient pas contactés, il n'en voyait pas l'utilité. Et si personne ne le reconnaissait, alors il s'adapterait.

Le légiste avait transmis son rapport, confirmant par la même occasion ses premières constatations et validant l'utilisation du couteau comme arme du crime. En revanche, il n'avait rien apporté de nouveau. L'analyse des scientifiques n'était pas plus utile : aucune trace d'ADN n'avait été retrouvée sur le corps. C'était assez étrange si l'on considérait les possibles rapports sexuels de la victime juste avant sa mort, mais possible si elle portait un préservatif. La chance n'était décidément pas avec eux.

Une autre piste à explorer était celle de la jeune femme violée quelques années plus tôt. Il la creusa, sans succès. Elle avait déménagé avec ses parents en Alsace pour tourner la page et oublier. Tous avaient un alibi pour la soirée, mais, surtout, vivaient en Alsace, à des centaines de kilomètres. Impossible qu'ils soient impliqués. La piste s'était donc terminée rapidement.

Marc sentait le découragement le gagner, mais, dans l'après-midi, la chance leur sourit enfin. Une femme d'environ soixante-dix ans se présenta à la gendarmerie pour déclarer la disparition de son fils. Elle n'avait pas de nouvelles de lui depuis plusieurs semaines et commençait à s'inquiéter. La photographie qu'elle présenta montrait un homme ressemblant trait pour trait à la victime du bois. Aussitôt, on téléphona au commandant et on envoya la femme lui parler.

Marc fût soulagé. Enfin, ils tenaient quelque chose.

Lorsqu'elle pénétra dans le bureau du commandant, la femme montrait des signes d'anxiété. Elle s'installa face à lui sur le rebord du siège, n'osant pas se caler contre le dossier. Sachant qu'ils en auraient pour un moment et pour la détendre, le commandant lui proposa une tasse de café et des biscuits de son tiroir personnel. Puis, il entra dans le vif du sujet.

Madame Armberger ne voyait pas son fils, Steve, très souvent. Mais ils se téléphonaient de temps en temps pour prendre des nouvelles. Or, cela faisait déjà un mois qu'elle n'en avait pas eu. Elle avait bien tenté de le joindre à plusieurs reprises, mais il n'avait jamais tenté de la rappeler. Ce n'était pas normal, il n'avait jamais fait ça. Elle avait alors sonné chez lui, sans succès, et avait constaté que sa boîte aux lettres était pleine. Il n'était visiblement pas rentré chez lui depuis longtemps, d'où sa présence ici.

Marc lui dit alors ce qu'il savait, avec toute la délicatesse possible. Il n'aimait pas se charger des mauvaises nouvelles, mais cela faisait partie du métier. Madame Armberger l'écouta sans ciller.

— Je me doutais qu'il était arrivé quelque chose. — finit-elle par dire — Mon Steve ne serait jamais parti sans me prévenir.

— Votre fils avait-il un travail, une famille, des amis ? Des personnes que nous pourrions contacter ?

La vieille femme secoua la tête, affligée.

— Il travaille, mais il est indépendant. Il a monté sa société tout seul. Je ne me souviens pas du nom, mais je sais qu'il aidait d'autres entreprises à se développer. Et je ne connais pas ses amis. Je ne sais pas s'il en a. Et il vivait seul. Ou bien il ne me l'a pas dit.

Tout s'éclairait. Le seul contact régulier qu'entretenait la victime était avec sa mère. Le reste du temps, il vivait seul. Peu de vie sociale, pas de vie intime... Cela pouvait expliquer son comportement violent envers les femmes.

La visite de son appartement affina un peu plus son profil et confirma les craintes du policier. Steve Armberger était un véritable obsédé. On trouvait chez lui des piles impressionnantes de magazines et de DVD pornographiques. Certains à tendance masochiste. Idem sur son ordinateur portable. Son historique était d'ailleurs assez révélateur de sa personnalité.

Et ils n'étaient pas au bout de leur surprise.

Dans la chambre à coucher, ils tombèrent sur une petite boîte en carton qui éveilla leur curiosité. Son contenu était pour le moins étrange. Ils y trouvèrent en effet une petite collection de sous-vêtements et accessoires féminins, ainsi que des articles de presse et des photographies. Le policier les examina une à une. Les photographies prenaient différentes formes : certaines avaient visiblement été prises à l'insu des femmes qu'elles illustraient, comme si celles-ci avaient été suivies. Les autres, moins nombreuses, étaient encore plus glauques. Elles montraient des femmes dévêtues, ou avec des vêtements déchirés ou froissés. On ne voyait jamais leur visage. Les articles de presse traitaient quant à eux majoritairement de l'affaire du viol d'il y a trois ans, mais on y trouvait aussi des informations sur des affaires ayant eu lieu dans une autre région.

Marc était écoeuré. Cet homme avait violé plusieurs femmes et en avait gardé des souvenirs. Il s'était certainement fait tuer par l'une d'entre elles dans un moment désespéré et lui, Marc Dubeley, allait devoir la chercher et l'arrêter.

***

Le lendemain matin, je guette le départ de mon mari avant de me lever. Je n'ai pas fermé l'œil de la nuit. Trop d'images sont venues me hanter. Mais j'ai eu le temps de réfléchir.

Je commence par récupérer le sac en plastique sous le lit et me dirige dans la cuisine. Ce sont les preuves les plus accablantes pour moi. Je ne dois rien garder.

Je vide mon sac à main avec regret, c'est un modèle que j'aime beaucoup. Il faudra que je voie si je ne peux pas me racheter le même, ce sera moins suspect. Je découpe mes vêtements en plusieurs morceaux et les laisse tremper dans l'évier dans une solution de Javel. Tout y passe, excepté mes chaussures. Elles n'ont pas l'air d'avoir été éclaboussées. Dans le doute, je les rince avec un produit spécial puis les range dans le placard, prenant note intérieurement de les utiliser bientôt pour les salir un peu.

Un regard sur l'horloge. Il est l'heure de se rendre à mon travail. Mais je n'en ai ni l'envie ni la force. Et j'ai encore beaucoup à faire. Alors je téléphone à ma cheffe et lui explique que je ne vais pas très bien et que je préfère travailler de chez moi. Sans surprise, elle accepte. Elle a toujours été très arrangeante.

Maintenant que ma journée est libre, je décide de m'occuper de la voiture. Je prépare des gants de ménages, des produits d'entretien, un aspirateur et tout ce qui me servira à effacer mes empreintes et je vais la récupérer dans la rue.

Je m'installe à l'intérieur pendant que de nouvelles images de la veille envahissent mes pensées. Je tente de les repousser en conduisant la voiture dans notre garage, puis pense à bien refermer la porte derrière moi. Enfin, je commence le nettoyage. J'aspire devant et sur les sièges, y compris à l'arrière, là où je ne suis pourtant pas allée. J'y retrouve le couteau ensanglanté. Il a dû glisser là lorsque je conduisais. Je ne sais pas quoi faire de cette arme. Finalement, je décide de m'en débarrasser aussi. Je la jetterai par la fenêtre en conduisant. On la retrouvera sans doute, mais on ne pourra pas faire le rapprochement.

Retour à la voiture, que je lave. Je n'hésite pas à mettre une bonne dose de produit. Je sais que la police scientifique l'analysera de fond en comble lorsqu'elle aura mis la main dessus. Je nettoie les sièges — encore — les vitres, le *tableau de bord, le volant, les portières… Elle n'aura jamais été si propre. Finalement satisfaite, j'installe une grande serviette propre sur le siège conducteur et je m'installe. Je n'ai pas oublié de mettre des gants et un bonnet dans lequel j'ai enfermé tous mes cheveux. J'enveloppe également mes chaussures dans de petits sacs en plastique pour éviter de laisser une empreinte. J'ai pensé à tout.*

En déposant la voiture sur le parking du magasin, nouveau coup de stress. Je n'ai jamais vu de caméra de surveillance par ici et je connais le risque de tomber sur un client. Mais les parkings sont de bons endroits pour abandonner un véhicule. J'en ai déjà vu, deux ou trois fois, dont le pare-brise devenait opaque, ou qui finissaient par se faire voler les jantes ou les pneus. J'espère que c'est ce qui va arriver à celui-ci.

Au moment de sortir, je vérifie bien qu'il n'y a personne. Je retire les sacs à mes pieds et la serviette, je laisse les clefs dans la boîte à gants — si quelqu'un veut la voler, je ne vais pas l'en empêcher — et je m'éloigne.

Il y a une ligne de bus non loin de là. Je vais l'emprunter pour rentrer.

Et puis, je mettrai un col roulé et du rouge à lèvres.

***

La visite de l'appartement de Steve Armberger terminée, le commandant et son équipe regagnèrent directement leurs bureaux et s'organisèrent pour la suite de l'enquête.

Tout d'abord, il fallait retrouver les femmes mentionnées dans les articles et les prévenir de l'avancée de l'enquête. Elles seraient sans doute soulagées d'apprendre que la police avait enfin retrouvé le coupable.

Mais aussi, ils s'étaient aperçus que la voiture d'Armberger n'était pas stationnée dans son garage attitré. Or, elle avait peut-être servi à la coupable pour se déplacer après le meurtre, et contenait sans doute des indices. Marc lança donc un signalement auprès de tous les services de police de la région, leur fournissant un descriptif complet du véhicule.

Deux jours plus tard, il reçut un appel d'une des patrouilles. La voiture d'Armberger avait enfin été retrouvée sur le parking d'un petit magasin de proximité.

Aussitôt, il contacta l'équipe scientifique et leur donna rendez-vous sur le lieu de stationnement. La voiture était sa dernière chance ; si son analyse ne donnait rien, alors il lui serait difficile de boucler l'enquête.

Il arriva sur place vingt minutes avant les autres et repéra tout de suite la voiture. Elle se trouvait dans un coin reculé, bien placée pour ne pas attirer l'attention des clients. Il s'approcha et regarda au travers des vitres s'il ne voyait pas quelque chose d'intéressant. Mais tout semblait normal.

Impatient, il tourna en rond jusqu'à l'arrivée de ses collègues. Alors seulement il put inspecter l'intérieur du véhicule. Ils remarquèrent rapidement que tout avait été nettoyé. La voiture sentait encore les produits ménagers. Cette fois, cela ressemblait plutôt à une action bien réfléchie ; la femme avait eu le temps de penser à son geste et de s'adapter. Le coffre était vide, à l'exception d'une petite sacoche en cuir comprenant tous les papiers de Steve Armberger. Dans la boîte à gants, juste quelques documents et accessoires relatifs à la voiture, ainsi que les clefs. L'aspirateur avait été passé sur les tapis devant les sièges, mais aussi dans les interstices entre les dossiers et les assises. Rien n'avait été laissé au hasard et il doutait de plus en plus de trouver quoi que ce soit. Dans le doute, il demanda quand même une analyse complète.

En attendant que l'on remorque la voiture, il compléta sa recherche en passant sa main gantée sous les sièges avant, près des glissières. Quand soudain, ses doigts rencontrèrent un petit objet sous le siège passager.

— J'ai peut-être trouvé quelque chose – dit-il, à destination de ses collègues.

Mais ceux-ci s'étaient éloignés pour étudier les alentours et ne l'entendirent pas. Alors il continua sans se préoccuper d'eux. Entre ses doigts, l'objet ressemblait à un bracelet, mais il restait coincé dans le rail. Le policier insista en essayant des gestes plus délicats. Finalement, le bracelet se décrocha et il put l'amener à la lumière.

Mais lorsqu'il le vit, Marc tiqua. Il s'agissait d'une petite gourmette en argent pour femme, avec des prénoms inscrits sur chacune des faces. Marc reconnaissait ce bijou. Il l'avait lui-même offert à sa femme il y a deux ans.

Sur la première face était écrit « Émilie » et sur la seconde, « Marc ».

Aucun doute n'était possible.

Le souffle coupé, il enfouit le bracelet dans la poche de sa veste.

***

Les jours passent et je n'arrive pas à oublier, même si j'ai repris une vie normale. Je crois que j'arrive à donner le change. Marc ne m'a jamais posé de question.

Ma lèvre s'est réparée et je peux désormais sortir sans maquillage. De même, la coupure sur mon cou ne se voit presque plus.

Quelque chose me préoccupe cependant : je n'arrive pas à mettre la main sur ma gourmette. C'est un cadeau de Marc et j'y tiens. J'ai beau chercher, la dernière fois que je me souviens l'avoir vue à mon poignet, c'était ce fameux soir, dans la voiture de cet inconnu. J'espère ne pas l'avoir perdue à l'intérieur. Aucun moyen de la récupérer alors.

***

Marc rentra la mine sombre ce soir-là. Il ne savait pas quoi faire ni comment s'y prendre avec Émilie. Visiblement, elle connaissait la victime de son enquête, mais s'était bien gardée de le lui dire. Il redoutait le pire. En fait non : il *savait*. Et cette nouvelle le terrifiait.

Il s'installa dans le salon sans dire un mot et se mit à réfléchir. Lorsque sa femme s'approcha de lui pour l'embrasser, il ne put s'empêcher de détourner la tête. Il ne pouvait pas.

Tout de suite, elle s'étonna, n'ayant pas l'habitude de le voir réagir de la sorte.

— Que se passe-t-il ?

Il se prit la tête dans les mains, ne sachant que répondre.

— Marc ? Tu vas bien ?

À la fois excédé et accablé, il sortit le bracelet de sa poche et le lui tendit, toujours sans parler. En la voyant, le visage d'Émilie changea plusieurs fois d'expression, passant de la joie à l'inquiétude.

— Ah ! Tu l'as retrouvée ! Je… Oh, non, tu l'as trouvée… Heu… Où exactement ?

Marc la regarda droit dans les yeux. Elle avait pâli et l'on sentait la peur monter en elle.

— Dans une voiture. Mais j'imagine que tu le sais déjà.

Émilie s'assit à côté de lui, prenant le temps de réfléchir avant de parler.

— Marc, c'était lui ou moi. Je n'ai pas eu le choix. Je ne savais pas que tu serais en charge de l'enquête, je suis désolée.

— Putain… répondit Marc, le visage de nouveau enfoui dans ses mains. C'est pas vrai ! Pourquoi tu ne m'as rien dit ? Tu n'as pas confiance en moi ?

— En toi si, en ton métier non. Et puis je ne pouvais pas. C'est difficile…

Des larmes commençaient à couler sur ses joues.

— Je n'ai pas pu… Je suis désolée.

Marc se leva et se dirigea vers la porte. Il n'avait rien à ajouter. Mais les paroles de sa femme le rattrapèrent :

— Que vas-tu faire maintenant ? Tu vas devoir m'arrêter ?

Il ne répondit pas et sortit de la maison en claquant la porte.

Il rentra chez lui deux heures plus tard et trouva sa femme allongée sur le lit, les yeux rouges.

— C'était un connard, Émilie. Tu as sans doute sauvé d'autres femmes et je ne peux pas t'en vouloir pour ça. Garde la gourmette, j'ai compromis la preuve à l'instant même où je l'ai mise dans ma poche. Par contre je ne pourrais rien faire pour toi si on retrouve ton ADN dans la voiture. J'espère que tu en as conscience.

Elle fit oui de la tête. Marc s'approcha alors et s'allongea à côté d'elle pour la prendre dans ses bras.

— Je t'aime Émilie, et je ne veux pas te perdre. On surmontera cela tous les deux.

Inspecteur Racecar

Fouad Touchene

Sur une mer infinie de nuages blancs, le temps freine, doucement, s'estompe. La scène prend vie lentement, chaque seconde y dure dix. Des moutons de combat, dont le mouvement est retardé, surgissent des nuages et courent vers la ligne d'arrivée : un arc-en-ciel.

Épaules contre flancs, canons contre jarrets, la course est certes au ralenti, mais sans merci. Chaque impact d'onglon crée dans les airs de profondes ondulations Doppler, chaque bêlement engendre des turbulences sinusoïdales.

Le mouvement s'accélère, désormais. D'un bond, un mouton noir aux cornes allongées surgit du peloton et prend la tête de la chevauchée. Il est suivi de trois autres : laine dorée aux cornes rouges, vert fluorescent au buste relevé, et le dernier, un mouton de flammes. Ils se rapprochent tous de la ligne d'arrivée. Le vert prend la tête, le noir le bouscule, le doré accélère, le vert oscille, le flamboyant zigzague, le noir remonte, le vert saute, le doré s'envole, le rouge trébuche… et le bleu gagne. Sorti de nulle part, le bleu électrique a devancé les autres, sauté par-dessus l'arc-en-ciel et gagné la course.

Dans l'avion, le jeune Redder regarde les derniers instants du film diffusé sur l'écran central. Il le trouve absurde. *Je n'arrive pas à y croire*, pense-t-il. *Je n'ai jamais vu une fin pareille.* Il préfère se tourner vers le hublot où la vue est plus paisible. En même temps, sa voisine de siège lance avec enthousiasme : « Wouah ! Quel génie ce réalisateur !

— Euh oui, répond Redder avec zéro conviction.

— Je parie que ce film sera nommé aux prochains Oscars. Quelle fin superbe !

— Euh, je ne pense pas que... » Il regarde et remarque tardivement l'ironie sur ses lèvres. « L'Oscar du pire film évidemment.

— Tout à fait d'accord, dit-il en tendant la main. Redder Racecar.

— Tafat, enchantée.

— Tafat ? fait-il, très original.

— Cela veut dire Lumière. » Et grâce à un film raté, Tafat et Redder ont discuté pendant toute la moitié du vol.

L'avion atterrit à Eive-Gnartel. Une ville dont le nom évoque la fantaisie. En réalité, Eive-Gnartel est une ville industrielle, criblée de gratte-ciels, d'usines, de ghettos pour les pauvres et de maisons flottantes pour les riches.

Sur le parking, Tafat fuse sans attendre : « On se revoit bientôt ?

— *Yes !* Quand tu veux.

— Ce soir ?

— Ce soir ?! Je… Je dois aller rêver.

— Tu... » Avant qu'elle n'ait le temps de finir son interjection, une limousine apparaît et engloutit Redder. « À très bientôt. » lance ce dernier avant de s'estomper à l'horizon.

Dans la voiture, alors que Redder s'enfonce dans la banquette arrière, le chauffeur lui lance, chantonnant : « *Je dois aller rêver ?!* C'est comme cela que l'on s'adresse aux dames ?

— Hé oui mon cher Otto, mais *first things first*. Ne vous inquiétez pas. J'ai déjà ses contacts.

— Bon réflexe Monsieur. Votre séjour s'est-il bien passé ?

— Moyennement. J'ai consulté deux médecins de renom, en vain.

— Triste. Espérons que vous le rattrapiez cette fois. » Otto continue de fredonner. Redder acquiesce. Il sort de son sac un masque à oxygène, le place sur son visage et régule la pression d'air pour dormir. « Rendez-vous dans une heure. »

Redder est atteint du syndrome du *Somnium Continuus*. Cela consiste à vivre un unique cauchemar en continu. Dans ses songes, Redder joue le rôle de l'inspecteur quadragénaire Racecar. Sa mission, traquer un meurtrier nommé Sagas. Redder souffre de ces rêves qui raccourcissent ses nuits, impactent son corps, et même son cerveau. En effet, *Somnium Continuus* lui provoque même des débuts de perte de mémoire. Aucune solution n'a été trouvée. Le seul traitement mystique conseillé est qu'il attrape Sagas dans ses rêves une fois pour toutes. Pour cela, Redder ne rate pas une seconde de sommeil artificiel.

*

C'est un jeudi 25, au 14 avenue Daytona, l'inspecteur Racecar gueule : « Ouvrez la porte !! » Adossé au mur adjacent, il fait signe à ses coéquipiers qui, avec un bélier, explosent la porte sans attendre. À l'intérieur de l'appartement, une écœurante odeur de pourriture envahit l'espace. L'inspecteur Racecar retient sa respiration et fonce directement vers la salle de bain. Comme attendu, il trouve le corps de la victime crucifié au-dessus de la baignoire. À côté du corps, il trouve écrit avec deux symboles : ⊕ *Save A Girl, And Sing* ⊕, acronyme de *Sagas*. L'inspecteur jure, frappe dans le mur et jure encore.

C'est la dixième victime, le même rituel : l'inspecteur reçoit un courrier express de l'étranger mentionnant une adresse ; une équipe de police intervient sur-le-champ au lieu indiqué, mais arrive toujours trop tard ; une jeune fille est crucifiée dans la salle de bain, fraîchement assassinée. *Save A Girl, And Sing.*

La police a tout essayé afin de comprendre le lien entre ces meurtres, les victimes, les lieux et les motifs. Elle a plongé dans les combinatoires et le prédictif. Rien. « Satané Sagas ! » crie l'inspecteur comme ses coéquipiers décrochent le corps du mur. Il fixe le symbole ⊕ et ce dernier commence à tourner. *Ce n'est qu'un rêve au final,* pense-t-il.

*

Le jeune Redder ouvre les yeux, les frotte. Il bâille. Il est toujours dans la voiture. Otto chantonne toujours. « Alors ?

— Rien !

— Vous l'aurez un jour, répond le chauffeur en soupirant. Nous sommes arrivés. » La voiture se gare dans un champ de blé. Les deux hommes sortent de la voiture, relèvent la tête vers la voûte azurée et regardent une nacelle descendre. Ils s'accrochent à cette dernière et montent dans les airs. Ils rejoignent une maison montgolfière suspendue dans le ciel, la demeure des Racecar.

Les encouragements d'Otto ne servent à rien, car cette nuit, Redder rêve encore d'un énième échec face à Sagas.

Le lendemain après le déjeuner, Redder sort sur la plateforme extérieure de la maison flottante. La ville d'Eive-Gnartel semble se mouvoir sous ses pieds. L'horizon est plein de maisons montgolfières.

Il sort son téléphone portable. « *Hey* Tafat, ça va ?

— Allô c'est qui ?

— C'est Redder.

— Qui ?

— Redder. On a pris le même vol, hier.

— Ah oui. » Le silence se prolonge un peu. Reeder se sent obligé de parler. « Désolé pour hier, je n'étais pas libre. Si tu veux, on peut se voir ce soir.

— Je suis en train de conduire. Je ne peux pas parler.

— Je peux te rejoindre dans ce cas. Tu te diriges vers où ?

— Je suis *occupée* Redder !

— OK. Je te rappelle.

— C'est ça. »

Redder raccroche. De sa maison suspendue dans les airs, il regarde les voitures, essayant de deviner l'emplacement de Tafat.

Le père de Redder, Kook Racecar, le rejoint sur la plateforme. « Je viens d'avoir le rapport des médecins suite à tes visites de la semaine dernière. Ils m'ont expliqué que ton cas reste un mystère scientifique. Ils devront y travailler encore plus. Ils auront besoin de plus de temps.

— Je le sais déjà.

— Et tu sais aussi que ce n'est pas un hasard si tu as grandi et vécu dans une maison montgolfière. Je ne fais pas les choses à moitié.

— Je le sais aussi, répond Redder en souriant. »

Kook sort de sa poche une petite fiole. « J'ai fait des pieds et des mains pour avoir cette merveille. Prends-en une dose avant de dormir. J'ai dû aller au bout du monde pour trouver ce remède. »

Redder ne se pose pas de question. Il sait que son père s'est beaucoup investi pour voir son fils libérer un jour. Il sait donc que la fiole ne peut contenir que de l'espoir. « Merci. Je vais en prendre de suite. »

Dans sa chambre, Redder s'exécute. Il dilue la solution dans un verre d'eau et la boit d'un coup.

*

Le ventilateur plafonnier tourne et dessine le symbole $\oplus$, un T virevoltant. Le vent caresse l'inspecteur Racecar et le force à ouvrir les yeux. Il a passé la nuit au bureau, endormi sur des papiers, des photographies de l'enquête et la nourriture de la veille. Depuis la dixième victime, l'inspecteur Racecar travaille follement sur l'enquête.

On frappe à la porte, l'inspecteur se redresse. Sa coéquipière, le sous-lieutenant Abba, rentre avec un mug tout chaud. « Mon pauvre. » lance-t-elle. Racecar se frotte les yeux. « Le capitaine nous attend. Réunion dans cinq minutes. »

Dans la grande salle de réunion, l'inspecteur Racecar suit attentivement les instructions du capitaine. Ce dernier donne carte blanche à l'inspecteur et lui attribue toutes les ressources nécessaires pour la réussite de l'investigation. « Tout le monde suivra les ordres de l'inspecteur Racecar, qui officiera aux fonctions de sous-capitaine. Il dispose du contrôle des forces de la ville d'Eive-Gnartel. Votre but à tous est d'attraper Sagas, mort ou vif. Après neuf victimes déjà, nous devons être sans pitié. Multipliez les arrestations, et vous augmenterez votre prime annuelle. » Mug entre les lèvres, Racecar s'approche d'Abba et lui chuchote à l'oreille : « Le capitaine est à l'ouest, le vieux. Dix victimes, pas neuf.

— Dix victimes ? De quoi tu parles ?

— Oui, Sagas a fait dix victimes, pas... » Il regarde les photographies des victimes sur le tableau derrière le capitaine. Neuf victimes. « Quel jour sommes-nous Abba ?

— Jeudi 25. Tu vas bien ? » À cet instant, l'inspecteur Racecar crache littéralement son café et asperge plusieurs coéquipiers. « Merde !! Abba, Rojor, réglez vos fréquences sur la mienne et déployez des équipes au 14 Avenue Daytona. » Il fonce vers la sortie. Le capitaine reste bouche bée, mais finit par se ressaisir. « Et qu'ça saute ! Suivez ses ordres ! »

La sirène et le gyrophare émettent un cri de torture et l'inspecteur Racecar en rajoute avec des coups de klaxon pour se frayer un chemin. Il dévale les boulevards et les avenues comme un damné skieur chassé par une maudite avalanche.

Quand il se rapproche du 14, Racecar se fait discret. Il gare la voiture vingt numéros plus bas, puis continue à pied.

Arrivé à l'immeuble, Racecar ne perd pas de temps et monte les escaliers quatre à quatre, court comme un guépard vers l'appartement de la future victime. À quelques centimètres de la porte, elle s'ouvre brusquement ; un homme de grande taille apparaît ; donne à l'inspecteur un coup de coude qui l'éjecte sur le mur tangent ; puis s'enfuit.

Racecar entend des coups de feu en bas de l'immeuble. Il se redresse et court vers l'extérieur. Au-dehors, il retrouve Rojor dans une flaque de sang et Abba sur le trottoir, blessée, pointant du doigt la direction du fugitif. Ce dernier s'engouffre dans l'immeuble d'en face. L'inspecteur le prend en filature.

Les deux hommes montent les escaliers en spirale comme deux serpents grimpant à un arbre. Ils terminent leur course sur le toit de l'édifice. L'homme s'arrête au bord du toit. « Plus un geste ! » crie Racecar, doigt sur la gâchette. Le meurtrier se retourne, mains levées, tachées de sang. Il porte un masque. Un tatouage est gravé sur son avant-bras : le symbole ⊕. L'inspecteur à la confirmation qu'il se trouve bien en face de Sagas. Celui-ci lance d'un ton moqueur : « Il faut que vous la sauviez inspecteur. Me tuer ne changera rien. Sauvez-la et chantez. C'est la seule solution. » *Save A Girl, And Sing.* « Ferme la pourriture ! » Au même instant, un arc-en-ciel se dessine derrière Sagas. Ce dernier chante : « *Somewhere, over the rainbow.*

— Je t'ai dit de la fermer !

— *Way up high. And...* » Le canon du pistolet de l'inspecteur fume. Sagas, un trou dans le crâne, vacille, et tombe du toit.

Way up high. And the dreams that you dreamed of. Le chant continue. L'inspecteur regarde autour de lui, cherche d'où vient la voix. *Once in a lullaby.*

Le jeune Redder se réveille en sursaut. Kook est assis sur le lit de son fils, le sourire aux lèvres. « Tu as dormi plus de douze heures. Alors cette fiole ? Un miracle, non ?

— Comment… wouah. Incroyable. J'ai pu avoir une chance. D'où as-tu eu ça ?

— Un laboratoire atlantique a conçu cette solution. Elle est destinée à contrôler le sommeil instable de certains patients. J'ai fait une formule sur-mesure pour toi. Et j'ai encore une bonne nouvelle. L'un des médecins qui travaille pour le laboratoire est présent aujourd'hui à Eive-Gnartel. Il est prêt à t'accorder une séance. Otto t'accompagnera. » Ce dernier apparaît à l'extérieur et lance : « Prêt quand vous l'êtes Monsieur. » Redder hoche la tête, content.

Pour des raisons pratiques, Otto et Redder prennent une voiture volante pour rejoindre la clinique flottante qui se trouve à l'autre bout d'Eive-Gnartel. « Vous avez l'air confiant. La solution de votre père semble bien fonctionner.

— Oui mon cher Otto, c'est comme si je remontais le t… » Il s'arrête, se rappelant les instructions des médecins de ne raconter aucun détail de ses rêves. « Je… Je me sens mieux.

— Excellente nouvelle. Cela voudrait dire que vous allez bientôt rattraper le meurtrier.

— On verra bien. » *Ou dois-je seulement la sauver, et chanter.* Comme si Otto lit dans les pensées de Redder, il commence à chanter.

Le trajet aérien prend à peine dix minutes. Otto reste dans la voiture et Redder entre dans la clinique flottante, pile à l'heure pour son rendez-vous. La secrétaire le fait patienter dans la salle d'attente le temps que le médecin arrive. Quand il arrive, Redder perd son souffle. « Ta… Ta… Ta…

— Bonjour Monsieur Racecar.

— Ta… Ta… Ta…Tafat ?!

— Oh, fait-elle en souriant. Je vois que vous avez rencontré ma sœur jumelle.

— Vo...Votre sœur ?

— Elle est venue me rendre visite hier. Elle est repartie ce matin. Elle me manque déjà. Veuillez me suivre, je vous prie. »

Elle l'emmène vers une autre pièce où ils se retrouvent seuls. La pièce contient une chaise à accoudoirs. Ceux-ci comprennent des capteurs et des seringues, des fils et des tubes. Redder s'assoit et met sa main sur l'accoudoir. Le médecin place un capteur sur son doigt « C'est l'étrange vie à Eive-Gnartel. Avec toute cette population, et vous tombez sur ma soeur. Surprenant, non ? » Redder sourit.

Elle prend une seringue et la dirige vers son visage. Elle est tellement proche que Redder sent son souffle humide. Elle pose soigneusement l'aiguille sur sa tempe. Une goutte de sang perle.

*

Il fait nuit. Racecar se trouve dans sa voiture, la tête sur le volant en forme de ⊕ : symbole qui ne cesse de hanter l'inspecteur.

Il est en face du 14 avenue Daytona. Il vérifie son téléphone : 23 h 30, mercredi 24, la veille de la dixième attaque de Sagas. Il saute sur son téléphone. « Allô Abba, il faut...

— Il est presque minuit inspecteur. Je prends mon bain.

— Tu... Tu... On va attraper Sagas ce soir. Je suis sur un bon coup. Je t'expliquerai plus tard.

— Sagas ! J'arrive de suite. T'es où ? J'appelle l'équipe.

— 14 avenue Daytona. Non n'alerte pas l'équipe. Viens seulement avec Rojor.

— Ro... qui ?

— Non rien. Viens seule. » *Même les morts ne reviennent pas dans les rêves.*

Sans attendre, il sort de la voiture puis monte discrètement vers l'appartement de la future victime. Il frappe, elle ouvre la porte, il brandit son badge. « Inspecteur Racecar. Vous êtes bien Sicis ?

— Oui, dit-elle, apeurée. Oui ?

— Vous êtes en danger. Vous devez rester en sécurité. Ne sortez surtout pas.

— Qu'est-ce qui se passe ?

— Permettez-moi de vous expliquer, lance-t-il en entrant chez elle. Nous pensons qu'un tueur en série va débarquer chez vous cette nuit. Nous sécurisons le périmètre. » La future victime vire au bleu. Elle ne comprend pas. « Pourquoi moi ?

— C'est ce que nous voulons savoir. Mais ne vous inquiétez pas, vous êtes en sécurité maintenant. »

Trente minutes plus tard, Abba arrive. L'inspecteur lui transmet les instructions : ils doivent garder Sicis saine et sauve ; ils doivent passer la nuit dans l'appartement, sans sortir, car Sagas peut frapper à tout moment ; ils iront au commissariat de bon matin.

Sicis est rassurée par la présence de l'inspecteur et de son sous-lieutenant. Les trois personnes restent dans le salon jusqu'à l'aube, sans fermer l'oeil.

L'inspecteur est assis sur le canapé quand une étrange idée lui passe par la tête. *Save A Girl, And Sing*, pense-t-il. Il trouve l'approche absurde, mais ferme les yeux, prend un profond souffle et chante à voix haute, maladroitement : *Come Susie dear let's take a walk, Just out there upon the beach. I know you'll soon be married, And you'll want to know where winds come from. Well it's never said at all, On the map that Carrie reads. Behind the clock back there you know. At the Four Winds Bar.* [1]

Quand il rouvre les yeux, Sicis et Abba le regardent avec de gros yeux. *Bravo*, pense-t-il, *Ridicule*. Mais deux secondes plus tard, son téléphone sonne. À l'autre bout du fil, le capitaine est surexcité : « Racecar, bon sang ! Votre plan a marché, nous avons eu Sagas.

— Mon plan ? Comment ça ?

— Nous avons tendu une embuscade à Sagas. Abba nous a prévenus de votre coup. » L'inspecteur regarde Abba sans dire un mot, *je t'avais dit de ne prévenir personne.* Elle lui sourit avec une expression qui laisse entendre : *je n'allais quand même pas te laisser tout seul mon grand. Regarde on a réussi.* Il reprend le téléphone. « Oui capitaine.

— Descendez vite, Sagas n'attend plus que vous.

— Tout de suite. » Il lance un clin d'œil à Abba. *Je t'invite à dîner ce soir.* Il file à l'extérieur.

Sagas est à genoux, menotté, cagoulé, encerclé par la brigade d'intervention. L'inspecteur se trouve à un mètre de lui. Sagas ressent sa présence. « Vous avez réussi inspecteur, dit-il. Vous avez chanté, vous... » Racecar jette sa main sur Sagas et lui enlève sa

---

[1] Astronomy, Blue Öyster Cult

cagoule. Une lumière intense aveugle l'inspecteur. Il est noyé dans un bain de lumière.

Redder se réveille dans une sérénité absolue, léger. Il est seul dans la salle. Il se lève puis sort du cabinet. « Monsieur Racecar, dit le médecin. Tout s'est bien passé ?

— Excellent. Je suis guéri à présent, je le sens. Tout est clair pour moi.

— Ravie d'entendre ça.

— Vous passerez le bonjour à Tafat.

— Cinq sur cinq, dit-elle en souriant. »

Pour rentrer, Redder préfère prendre une voiture terrestre et non aérienne. Il veut sentir les vibrations du moteur, passer du temps dans les embouteillages, passer du temps tout court. Otto s'exécute et commande instantanément une voiture. Ils descendent de la clinique flottante par la nacelle et les voilà dans la voiture.

Redder se sent beaucoup mieux. Même s'il n'a pas vu le visage de Sagas, il sait très bien qu'il ne fera plus ces rêves. Une nouvelle vie commence pour lui.

Plongé dans ses pensées, il remarque par la fenêtre de la voiture qu'ils sont en train de passer par une avenue qui ressemble à l'avenue Daytona de ses rêves. Il demande à Otto de s'arrêter.

Redder sort de la voiture et examine l'avenue. Il informe à Otto de son souhait de rester seul. Le chauffeur acquiesce puis se gare une centaine de mètres plus loin. Seul, Redder erre dans la rue et, sans l'expliquer, se retrouve en train de prendre l'ascenseur d'un immeuble. Dix minutes plus tard, il est sur le bord du toit de l'immeuble. En face de lui, un arc-en-ciel s'élève et domine Eive-Gnartel. Son téléphone sonne. Cette fois c'est Tafat qui l'appelle. Il parle en premier : « J'étais en train de penser à toi, ment-il.

— Ah bon ! Comment ça ?

— Je contemple un arc-en-ciel. Il ressemble à celui du film que l'on a regardé ensemble dans l'avion.

— Ha, je l'avais oublié celui-là. Je t'appelle pour te dire que je suis vraiment désolée, j'étais très occupée hier et avant-hier. Cette ville a pris tout mon temps.

— Eh oui. L'étrange vie à Eive-Gnartel. Au fait j'ai recon…

— Palindrome !

— Pardon ?

— Ce que tu viens de dire. *L'étrange vie à Eive-Gnartel.* C'est un palindrome. L'ordre des lettres est le même dans les deux sens. La fin est le début.

— Euh… Ah oui. Très perspicace dis donc. D'ailleurs Tafat aussi est un palindrome.

— *Redder* aussi.

— Wouah, c'est fou. Nous avons un point en commun alors.

— C'est vrai !

— Au fait, j'ai rencontré ta soeur jumelle. Elle pourra nous donner un avis médical sur ce sujet.

— Hahaha ! De quoi tu parles Redder ? Je n'ai pas de sœur.

— Arrête, je l'ai vue de mes propres yeux. Ou peut-être, ou peut-être que c'était toi, et dans ce cas je suis doublement… »

Son sang se glace quand il repense à ses dernières paroles : *Palindrome. L'ordre des lettres est le même dans les deux sens.* Redder, Tafat, Racecar, Kook, Sagas, Otto, Abba, Rojor, Sicis, *tous des palindromes. La fin est le début.*

Après cette réflexion, en face de lui, sur l'arc-en-ciel, des moutons apparaissent, et font la course : le vert prend la tête, le noir le bouscule, le doré accélère, le vert oscille, le flamboyant zigzague, le noir remonte, le vert saute, le doré s'envole, le rouge trébuche… et le bleu gagne.

Tafat reprend en chantant : « *Somewhere, over the rainbow. Way up high…* Nous vous informons que le numéro que vous avez demandé n'est pas attribué. » C'est ainsi que la messagerie automatique achève la conversation. Redder essaie de la rappeler plusieurs fois, en vain.

Il sent un frisson lui traverser le dos, comme du métal. Deux secondes plus tard, le froid est remplacé par une vague de chaleur liquide. Redder regarde ses pieds et remarque qu'ils sont déjà dans une flaque de sang. Il reçoit un deuxième coup de couteau, puis un troisième.

Il chancelle pour tomber, mais un avant-bras surgit par-derrière et le retient par le cou pour lui asséner un autre coup de couteau. Redder ne voit pas son agresseur, mais remarque clairement le tatouage sur l'avant-bras, le symbole $\oplus$. « À bientôt cher Redder. »

Le jeune homme est poussé dans le vide, jeté sur les ondes gravitationnelles. Pendant sa chute, le symbole $\oplus$ se dessine sur le sol et vibre. Redder remarque que ce symbole est en réalité une superposition de lettres. Il se trouve maintenant à trente mètres du sol. *O*. Il fonce dans les airs et déchire l'éther. *T*. En à peine trois secondes, Redder arrive et percute le sol à une vitesse de vingt-cinq mètres par seconde, *T,* libérant une énergie qui est complètement absorbée par son corps. Redder implose, explose. *O*.

*

Quand il se réveille, l'inspecteur Racecar est entouré de deux urgentistes, du capitaine et de son épouse, qui est en larmes. Il remarque qu'il est dans une salle de réanimation. Il ressent une légère douleur dans l'abdomen. « Bonjour Inspecteur, lance l'urgentiste.

— Bon sang, coupe le capitaine. Heureux de te revoir parmi nous. Tous ces putains de mois.

— Coma ?

— Oui.

— Combien de temps ?

— Trois mois. Ce bâtard t'a poignardé et s'est encore échappé. On le recherche depuis tout ce temps, sans résultat.

— Je sais. Je sais où le trouver. »

L'imprimeur disparu

Patrick Uguen

Depuis longtemps je n'avais pas vu mon ami Sherlock Holmes. La vie conjugale alliée à mes responsabilités professionnelles - la clientèle de mon cabinet médical ne cessait en effet d'augmenter - réduisaient à si peu mes heures de loisir que je n'avais guère d'occasions de le voir.

Or l'exceptionnelle douceur du printemps précoce dont jouit Londres en cette année 1906 allégea grandement mes charges professionnelles des grippes et bronchites qui saturaient traditionnellement mon cabinet à cette époque de l'année. J'avais donc un peu de temps libre et je voulus en profiter pour reprendre contact avec mon cher Holmes.

Mme Hudson m'accueillit avec joie et m'introduisit dans notre appartement dont pas un élément n'avait changé, pas même son atmosphère viciée par les fumées délétères d'innombrables cigarettes. Holmes était posté à la fenêtre, emmitouflé dans une robe de chambre qui amaigrissait encore plus sa haute silhouette. Il m'accueillit comme si nous nous étions quittés le matin même.

- Ah ! Watson, dit-il sans se retourner, je reconnaîtrai entre mille cette marche légèrement claudicante que vous a laissée en héritage la blessure de votre campagne en Inde. Vous arrivez à point nommé, mon ami, car lorsqu'une jeune femme seule se précipite vers notre pension dans une tenue plus proche d'une promenade bucolique que d'un rendez-vous d'affaires et lorsque vous y ajoutez les traits affolés qui déforment son visage, vous pouvez être assuré qu'il s'agit d'un cas urgent qu'on veut me soumettre... Nous allons en savoir plus dans quelques secondes.

Il se retourna vers moi, me sourit :

- Watson, je suis ravi que vous me secondiez de nouveau, car, à voir l'heure à laquelle vous me rendez visite, il me semble que votre cabinet et votre épouse vous laissent un peu de liberté. Mme Hudson, cria-t-il, préparez un dîner léger pour deux. Nous serons sûrement en chasse ce soir.

À peine avait-il prononcé ces mots qu'une jeune femme d'une vingtaine d'années, tenant fermement dans ses bras un manteau d'hommes, s'engouffra dans notre salon et s'effondra en larmes dans mes bras : « Mon fiancé, mon fiancé, répétait-elle péniblement, tant les sanglots l'étouffaient, en nous montrant le manteau de drap, mon fiancé ! Il... » J'installai l'inconnue dans un fauteuil et demandai à Mme Hudson de nous apporter un thé bien chaud et un verre de cherry. J'entrevoyais Holmes qui marchait de long en large, impatient et agacé par ces épanchements. Enfin, n'y tenant plus, il intervint sèchement.

- Cela suffit, Mademoiselle. Vos nom et prénom s'il vous plaît, et la raison de votre présence ici. Nous n'avons pas de temps à perdre, ni vous non plus d'ailleurs, si j'en juge par l'urgence de votre cas que votre état suggère. Cessez de pleurer et parlez ou partez !

Je fus scandalisé par l'attitude grossière de Holmes et allai le morigéner lorsque je constatai sur la jeune femme l'effet sidérant que son injonction eut sur elle. Elle s'était brusquement ressaisie. Quelques sanglots secouaient encore ses épaules, mais elle put parler. Mme Hudson entra à ce moment-là avec le plateau pour le thé. D'un geste, Holmes lui indiqua de le déposer à l'entrée et de disparaître discrètement. En effet, notre visiteuse était prête à se confier et il ne fallait surtout pas interrompre ce moment propice. Il répondit aux regards inquiets que notre logeuse, en s'en allant, porta sur notre cliente, d'un hochement de tête et d'un sourire rassurant.

- Je m'appelle Judith Gardner et j'habite dans le West-end. J'ai vingt-deux ans et je suis fiancée à M. Retznick. Alex, M. Retznick, a disparu…

Melle Gardner s'interrompit, suffoquée par un afflux de larmes.

- Tttt, si vous voulez que nous avancions, Mademoiselle, vous devez prendre sur vous, dit Holmes, cette fois-ci d'un ton paternel et compatissant en lui tendant une tasse de thé. Si vous le souhaitez et pour vous permettre de vous remettre, je vais vous aider dans les premiers instants, mais il faudra ensuite que vous combliez les vides.

- Merci, M. Holmes, dit-elle en prenant la tasse.

- Vous travaillez tous deux chez un imprimeur et votre fiancé, un homme blond d'une corpulence d'athlète, est plutôt désargenté. Il doit avoir un travail administratif, comptable peut-être. Ce matin, vous vous promeniez autour de Regent's park lorsque quelque chose - quoi ? – vous a effrayé tous deux ou seulement votre fiancé. Je pense que le danger ne devait que le concerner, lui, car un gentleman, dans le cas contraire, n'aurait jamais abandonné une jeune femme. Il a donc disparu subitement avant dix heures et n'est pas reparu depuis. Vous l'avez attendu environ deux heures, mais, sans nouvelles de lui, vous vous êtes précipitée chez nous.

Melle Gardner et moi-même regardâmes avec stupéfaction Sherlock Holmes. Quand bien même j'étais habitué à ses prouesses de déduction, celles-ci ont toujours un effet de sidération sur moi et me semblent souvent de prime abord saugrenues ou incroyables. Mais, comme à chaque fois, notre cliente confirma ses conclusions.

- Vous avez tout à fait raison, mais… ?

Oubliant toute politesse, j'interrompis la jeune femme.

- Oui, Holmes, comment avez-vous pu déduire tout cela en si peu de temps ?

- Comme à l'habitude, Watson, vous voyez les mêmes choses que moi, mais vous n'en déduisez rien. Un tableau n'est pas un spectacle, mais une énigme à résoudre. Représentez-vous Melle Gardner comme un tableau dont vous devez élucider le sens. Tout d'abord le lieu. La couleur de la boue et les brins de cette plante, dit-il en saisissant le pied de la jeune femme afin de me les montrer mieux, sont typiques de Regent's Park. Rappelez-vous, Watson, ma monographie sur les différentes sortes de sol de la région londonienne. Si vous ajoutez à cela le paquet de friandises animales qui pointent de ce sac à main, la conclusion devient évidente.

- Oui, évidente, mais le métier ?

- Observez la main de Melle Gardner.

Sans aucun respect pour son intimité, Holmes manipulait les parties du corps qu'il désignait comme s'il se fut agi d'un quelconque cobaye objet d'analyse.

159

- Les cals au bout des doigts de la main droite seulement, mais présents sur les paumes des deux mains, ainsi que les légères éraflures d'encre que je ne constate que sur l'avant-bras droit rarement aussi développé pour un bras de femme, me suggèrent un travail d'imprimerie et de presse.

- Je travaille chez mon père, intervint Melle Gardner, à la Gardner and Daughter imp. Comme nous gagnons peu d'argent, je suis son « homme » à tout faire.

- Quant à votre fiancé, si j'en juge par la taille du manteau et de son drap épais sur le col duquel sont accrochés quelques courts cheveux blonds, il ne peut qu'appartenir à un homme de forte carrure. Vous constaterez quelques traces d'encre, mais sur une seule de ses manches et une usure plus marquée au coude opposé, ce qui démontre un travail d'écriture plutôt que d'imprimerie. Ici, sur le flanc, d'autres traces d'encre, d'une nature et d'une forme différentes. Ce qui démontre qu'il travaille dans une imprimerie, mais sans participer au travail d'impression. Enfin, le fait que ce jeune homme utilise la même tenue au travail que pour un rendez-vous galant prouve qu'il possède de faibles ressources.

- Mais oui, c'est évident, bien sûr !

- Oui, évident, après qu'on vous a exposé le chemin des déductions, se moqua Holmes.

- Mais comment avez-vous su que cela s'est passé il y a deux heures ? intervint Melle Gardner.

- Si je vous le révèle, Watson dira encore que c'était l'évidence même.

- Je vous promets que je n'en ferai rien, l'assurai-je.

- La météorologie, Melle Gardner. L'état de votre chapeau et de votre robe prouve que, lors de la seule averse d'aujourd'hui, vous ne vous êtes pas abritée. Vous avez dû attendre et suffisamment longtemps pour imbiber le feutre de votre chapeau. Or cette averse a eu lieu vers dix heures ; la disparition de votre fiancé a donc eu lieu peu de temps avant.

J'étais sur le point de m'exclamer, mais je réprimai alors dans un sourire la parole qui me brûlait les lèvres et que j'avais promis à Holmes de ne pas prononcer.

- À vous, maintenant, Mademoiselle, de combler les vides de ce récit.

La jeune femme prit la parole, grandement rassérénée par la perspicacité de mon ami.

- Je constate, M. Holmes, que je ne m'étais pas trompée en me précipitant chez vous malgré mon désarroi. Mon père, que vous avez aidé dans une sombre affaire d'escroquerie, ne tarit pas d'éloges sur vous.

- Je vous écoute, dit Holmes en s'enfonçant dans son fauteuil.

Il croisa ses mains sous son menton et ferma les yeux.

- Tout ce que vous avez pu deviner est juste si bien que je ne vous raconterai que les évènements de cet horrible après-midi. Alex Retznick a été engagé par mon père il y a un an environ. Nous sommes tombés rapidement amoureux l'un de l'autre et, comme il était sérieux et travaillait bien, mon père voyait d'un bon œil notre future union. Cet après-midi, nous avions prévu de nous délasser à Regent's Park. Nous marchions dans une des allées en nourrissant quelques écureuils lorsque nous croisâmes une vieille dame, courbée sur sa canne, à la démarche hésitante. En passant à côté d'Alex, elle trébucha et tomba d'une manière étonnante…

- Que voulez-vous dire en utilisant le terme « étonnante » ? intervint Holmes.

- Hé bien, d'une manière forcée, si peu naturelle qu'elle m'interpella. Cela semblait faux, elle paraissait maîtriser sa chute. Mon fiancé me donna son manteau qu'il portait à son bras, car il faisait doux et aida la vieille dame à se relever.

- À quoi ressemblait-elle ? demanda Holmes.

- Tout s'est passé trop vite, M. Holmes, et rien ne justifiait que je lui porte un intérêt quelconque. La seule chose que je me rappelle, c'est sa taille. Car, lorsqu'elle fut remise sur pieds, elle me parut très grande comme si elle s'était dépliée et… oui, c'est cela, ce détail qui m'a surpris sans que je pusse en avoir une image précise, elle est repartie sans sa canne et d'une manière plutôt alerte pour quelqu'un qui venait de subir une telle chute. Elle ne prononça aucun mot, pas même un remerciement et s'en alla. Je fus offusquée de son impolitesse, mais je n'eus pas le temps d'exprimer mon dépit, car j'aperçus le visage d'Alex se décomposer à vue d'œil. Il parcourait un morceau de papier griffonné.

La voix de Melle Gardner se mit à trembler. Elle termina avec difficultés.

- Il me regarda avec des yeux emplis d'amour et de désespoir puis s'enfuit en courant. Il disparut dans la foule des promeneurs sans que j'aie pu rien faire.

Elle s'effondra en larmes ; Holmes soupira. J'intervins, lui proposai le verre de cherry et l'encourageai :

- Vous vous en sortez très bien. Mais il nous faut encore plus de détails si vous voulez qu'on puisse vous aider.

Elle but un peu, toussota, se ressaisit et reprit son récit :

- Comme vous l'avez deviné, je l'ai attendu sous l'averse. La police se serait moquée de moi. Il n'y avait rien eu, aucune agression. J'aurais été la jeune femme candide abandonnée par son suborneur. Alors j'ai préféré attendre. Peut-être allait-il réapparaître ? Une longue heure est passée, puis deux. Enfin, n'y tenant plus et ne sachant quoi faire, j'ai accouru chez vous.

J'observai Holmes qui avait gardé les yeux fermés et était resté silencieux. Dans la plissure de ses lèvres resserrées, dans la tension de son front soucieux, je reconnaissais les signes de la plus intense réflexion et cela me rassura. Le cas Retznick était en train d'intéresser grandement mon ami ; je m'en apercevais aux traits de limier énergique et obstiné qui apparaissaient sur son visage. Melle Gardner, qui ne le connaissait pas, s'étonnait de ce mutisme qui ressemblait à du sommeil. Mais il se redressa d'un coup :

- Et vous avez eu raison, Mademoiselle. Votre cas est du plus haut intérêt. J'aurai quelques questions à vous poser pour éclaircir certains points de cette fascinante affaire.

- J'y répondrai le plus précisément et le plus sincèrement possible.

- Votre fiancé vous a-t-il semblé agité, inquiet, aujourd'hui ou les jours précédents ?

- Non, pas particulièrement. Il paraissait parfois absent ou soucieux sans que j'en sache réellement raison, surtout d'ailleurs au début de son arrivée chez nous. J'avais mis cela sur le compte de ses nouvelles fonctions.

- Le soupçonniez-vous de vous cacher quelque chose ?

- Pas à proprement parler. Mais il éludait toujours mes questions sur sa vie passée. Je n'ai jamais insisté. Chacun a ses blessures ou ses secrets.

- Veuillez excuser la rudesse de ma question : était-il physiquement affaibli, semblait-il sous l'emprise de quelque addiction ?

- Oh non ! C'est une force de la nature. Il mène une vie simple et saine. Parfois il était fatigué, car il souffre d'insomnie et dort très peu. Mais c'est le seul souci de santé que je lui connaisse.

- Revenons s'il vous plaît à l'épisode de la vieille dame. Vous disiez que sa chute paraissait artificielle. M. Retznick s'est-il précipité pour la retenir ou l'aider ?

La jeune femme s'apprêtait à lui répondre, mais elle retint sa phrase comme si la question lui révélait un détail auquel elle n'avait pas prêté attention.

- Non, vous avez raison, maintenant que vous l'évoquez, son attitude à lui aussi fut étrange. Il n'a pas eu l'air surpris - comme si, en fait, il s'y attendait - et a regardé autour de nous avant de s'occuper de la vieille dame. Puis il y a eu ce billet.

- L'avez-vous ?

Sans répondre, Melle Gardner sortit de son sac un papier et le tendit Holmes. C'était une demi-feuille salie d'un cahier, apparemment arrachée grossièrement. Holmes se leva, s'approcha de la fenêtre, flaira le papier - eut l'air surpris - puis l'examina à la clarté du soleil. Une moue de déception apparut sur son visage.

- Une feuille des plus quelconques. Aucune trace particulière et le filigrane se réfère à une des marques de papeterie les plus vendues en Angleterre. Par contre son odeur est étonnante. Un parfum assez fort, peu subtil, très masculin.

- Celui que M. Retznick a laissé en s'en saisissant, intervins-je.

- Peut-être... nous ne tirerons rien de plus de cette feuille. Passons au message.

Holmes le lut plusieurs fois, son visage balançait entre le plus grand étonnement et la concentration la plus intense.

- Tenez, lisez, Watson.

Je me saisis du papier :« ON A CHOC TH OX PHAKA » suivi d'une indéchiffrable signature et n'y compris absolument rien.

- Effectivement ce message est une énigme. On y parle d'un choc. On y trouve les initiales de l'université d'Oxford, peut-être un étudiant. Pour le reste je m'y perds.

- Pourtant il a été terriblement compréhensible pour M. Retznick. Un message codé sûrement dont le sens a tant affolé le comptable qu'il s'est enfui en abandonnant la femme qu'il aime.

- Un message codé ? intervint, surprise, Melle Gardner.

- Oui, un langage secret, ce qui laisse augurer...

Cette révélation affola la jeune femme qui ne laissa pas finir Holmes.

- Mais en quoi Alex serait-il concerné par ce genre de mystère ?

- Je ne le sais pas encore, Mademoiselle, et c'est ce qu'il nous faut découvrir au plus vite. S'il s'agit effectivement d'un code, cela risque de nous prendre quelque temps ...

Holmes fit un geste désinvolte de la main signifiant à la jeune femme qu'elle devait maintenant nous laisser travailler. Je pris la parole pour mettre plus de civilité dans son invite.

- Vous devez être, Mademoiselle, fatiguée par tant d'émotions. Je vous propose de nous laisser travailler et, en attendant, de rejoindre Mme Hudson qui prendra soin de vous.

La jeune femme accepta avec reconnaissance ma proposition et, après qu'elle fut sortie, Holmes me demanda de lui transmettre le registre vingt-huit de sa bibliothèque.

- J'ai consigné dans ce registre mes réflexions sur l'art du codage et de sa résolution. Il s'agit, la plupart du temps, d'une permutation de lettres et de chiffres. C'est simple, efficace, mais au final, lorsqu'on connaît la langue d'origine utilisée par le codeur, très facile à traduire.

- Comme dans <u>Le scarabée d'or</u> d'Edgar Allan Poe, soulignai-je.

- <u>Le Scarabée d'or</u> ? De qui ? demanda Holmes en ouvrant de grands yeux.

L'inculture de mon ami me confondait de honte. Lui, dont la science était si éclectique et dont les connaissances lui permettaient de reconnaître un cigare à la cendre qu'il laisse ou de différencier les différents sols de toutes les régions d'Angleterre, était totalement ignorant en matière d'art et de littérature. Je n'insistai pas, éludai la réponse.

- Je vous en parlerai plus tard. Vous parliez de permu…

Holmes me fit taire d'un geste. Il se leva brusquement, saisit le manteau que Melle Gardner avait laissé dans notre salon, en étudia l'étiquette intérieure et la doublure, le reposa, puis relut le message. J'étais familier de cette agitation soudaine et silencieuse : elle était soit le signe d'une piste nouvelle et qu'il ne fallait pas laisser refroidir, soit, hélas, le signe d'une situation urgente et gravissime. Il ouvrit la porte de notre appartement et héla du haut de l'escalier notre logeuse.

- Mme Hudson, faites venir Melle Gardner. Refermez votre album de souvenirs, vous aurez le temps de le lui montrer plus tard et rejoignez-nous au plus vite.

En quelques secondes les deux femmes, inquiètes, se tenaient sur le seuil. Holmes, immédiatement, donna ses ordres et interrogea notre cliente.

- Mme Hudson, redescendez et du seuil, surveillez la rue ; je soupçonne que quelqu'un nous observe.

Notre logeuse opina et redescendit les escaliers.

- Melle Gardner, avez-vous été suivie ?

- Suivie ? Ce mot acheva d'affoler la jeune femme. Mais…

- Oui, quelqu'un sait-il que vous êtes là ?

- Non, non, bégaya-t-elle, je suis venue directement chez vous sans prévenir personne.

- Watson, doublez de notre fenêtre la surveillance de Mme Hudson et lancez-moi le livre à tranche d'or sur la rangée du bas de la bibliothèque.

J'obéis sans poser de questions. Je lus le mot « dictionnaire » sur la couverture du livre que je lui transmettais, me plaquai contre le mur et me mis en observation en écartant discrètement le rideau de la fenêtre. Holmes, silencieux, consultait avec célérité les pages du dictionnaire. La situation extrêmement tendue mettait au supplice mademoiselle Gardner.

- M. Holmes, par pitié, parlez. Que se passe-t-il ? Où est Alex ?

Je désespérai du manque de diplomatie de Holmes, mais l'heure semblait trop grave pour faire preuve de douceur.

- M. Retznick court un grand péril et je crains que votre vie et la sienne ne tiennent qu'à un fil. Toutefois, il est possible qu'il ne soit pas déjà trop tard. Si vous vous conformez rigoureusement à mes directives, nous aurons peut-être une chance infime de vous sauver tous deux. Me promettez-vous de suivre aveuglément tout ce que je vous dirais ?

- Oui, M. Holmes, tout, mais sauvez-le.

Pendant ce temps, j'observais la rue. Un brouhaha extraordinaire agitait Baker Street : une manifestation de suffragettes remplissait et descendait la rue dans une agitation résolue. Je vis Mme Hudson sur le seuil de notre pension en train de chanter et de scander les slogans des manifestantes. Apparemment, elle avait oublié les consignes de notre ami, car sa ferveur semblait en contradiction avec la concentration et la discrétion qu'aurait nécessitées sa mission. Je ne l'avais jamais vue aussi ardente. En dehors de cette ferveur inattendue, je ne remarquai rien d'autre que des passants sincèrement interloqués par cette manifestation. Personne ne semblait surveiller notre appartement. Lorsque je rejoignis Holmes en secouant négativement la tête, il venait de reposer le dictionnaire et étudiait le manteau dont il avait négligé dans un premier temps l'analyse. Il prévint ma question.

- Ce n'est pas un langage secret ni un code. Ce message est écrit en cyrillique. J'ai manqué d'acuité Watson. L'ennui endort l'esprit. - Il saisit le manteau de M. Retznick - Regardez la doublure de ce manteau : cette qualité de soie est particulière, caractéristique d'Ukraine. Quant au reste de l'étiquette qu'on a arrachée afin d'effacer toute trace de la nationalité de son propriétaire, il finira par vous convaincre : on y voit apparaître cette... une partie des armoiries de St Petersbourg.

- Vous voulez dire... coupa Melle Gardner.

- Oui. Alex Retznick est russe, sûrement exilé, et au vu des précautions qu'il a prises pour effacer toutes ses traces et taire sa véritable origine, cet exil n'est pas volontaire. Voilà ce que le message signifie : « Okhrana, opaklof ».

- Cette traduction ne nous éclaire pas plus, Holmes.

- Le second mot signifie danger. Le premier, Okhrana, est un nom propre : c'est le nom que s'est donné la police secrète du tsar Nicolas II. Enfin la signature ou l'étonnante forme qui en tient

166

lieu est le sigle du Bund : le parti communiste juif russe. Melle Gardner, votre fiancé est un fugitif recherché par une des polices les plus impitoyables d'Europe. Elle a retrouvé sa trace et l'épisode de cet après-midi n'était qu'une mise en scène destinée à alerter Alex Retznick de manière discrète. La vieille dame, selon toute vraisemblance, n'en était pas une, sûrement un camarade déguisé. S'il a disparu aussi brusquement, c'est qu'il savait que les agents de l'Okhrana l'avaient repéré et qu'un danger mortel et imminent le menaçait et que cette menace pesait sur vous aussi. En s'enfuyant, il vous garantissait la vie sauve, mais pas la sienne. Il s'agit d'une course contre la montre. Nous le trouvons en premier, il vit sinon…

- Quelle horreur !

Mademoiselle Gardner se détourna, plongeant son visage dans ses mains. Je la tranquillisai comme je pus en l'assurant de notre soutien et lui rappelant les extraordinaires compétences de Holmes. Si un seul homme sur terre pouvait sauver son fiancé, c'était bien lui. Holmes, qui n'avait aucun talent, par contre, pour la compassion, se leva et appela du seuil de notre appartement Mme Hudson. Celle-ci apparut quelques instants plus tard, ébouriffée par sa sortie, le visage rose encore de son alerte enthousiasme pour les suffragettes.

- Mme Hudson, Melle Gardner vivra chez nous jusqu'à nouvel ordre. Ne laissez entrer personne, hormis nous, pas même Lestrade. Elle court un grave danger.

Il s'adressa en suite directement à la jeune femme.

- Je crains que l'Okhrana pense que vous connaissez le repaire de M. Retznick et qu'elle soit prête à tout pour vous soutirer ce renseignement.

Puis revenant à notre logeuse :

- Mme Hudson avez-vous remarqué quelque chose dans la rue ?

- Oui, deux hommes sur le trottoir d'en face, à côté du tilleul. Alors que tous les badauds observaient la manifestation et exprimaient leur soutien ou leur réprobation, ces deux personnes y étaient totalement indifférentes et portaient leurs regards sur la façade de notre immeuble.

- Bravo, Mme Hudson ! Elle rougit sous l'effet de ce compliment si rare de sa part puis Holmes se tourna vers moi. Watson, retournez à la fenêtre afin de confirmer son observation.

J'obéis et je fus mortifié de ne pas avoir remarqué ces deux hommes. Ils étaient là, en effet, et leur comportement était indubitablement suspect.

- Oui, Holmes, deux hommes nous surveillent.

- Merci, Watson, la partie s'annonce serrée, mais nous déjouerons les desseins de cette police - Il posa alors, à ma stupéfaction, une main amicale sur l'épaule de la jeune femme. Je vous l'assure.

Puis Holmes fouilla les tiroirs de son secrétaire, en sortit trois révolvers, attrapa les babouches qu'il n'utilisait jamais et laissait traîner sur le manteau de la cheminée et, en les retournant, fit tomber dans sa main une petite pluie de balles. Nous l'observions, silencieux et graves. Il posa le tout sur le bureau, chargea une des armes et la tendit à Mme Hudson.

- Savez-vous vous en servir ?

- Oui, une amie m'en a appris le maniement depuis peu.

- Très bien. Je vous confie, et j'ai des scrupules à vous exposer aux dangers de cette mission, Melle Gardner. Rien ni personne ne doit l'approcher d'ici notre retour. Si quelqu'un force notre porte, utilisez votre arme et tirez sans sommation. Il y va de votre vie. Nous sommes en lutte contre un ennemi cruel qui ne reculera devant aucun crime pour parvenir à ses fins. Vous avez bien compris.

- Oui, M. Holmes, fiez-vous à moi, dit-elle d'un ton résolu. Et vous, Mademoiselle, venez. Elle enlaça maternellement la jeune femme et l'emmena avec elle.

- Nous allons nous installer chez moi où nous attendrons le retour de ces messieurs accompagnés de votre fiancé. Car je ne doute pas de leurs talents et ils trouveront M. Retznick avant ces brigands.

Avant qu'elle ne quitte la pièce, Holmes les arrêta et demanda à la jeune femme de lui décrire Alex Retznick.

- C'est un bel homme, grand et robuste, aux cheveux ras d'une blondeur tirant vers le roux comme vous l'avez déduit. Il a les yeux bleus, porte des lunettes pour lire. Il a un tatouage à l'intérieur de l'avant-bras droit dont le dessin est le même que celui qui se trouve sur le papier qu'on lui a remis.

- Merci, Melle Gardner, allez maintenant vous reposer.

Les deux femmes parties, Holmes et moi organisâmes notre expédition. Nous chargeâmes chacun un revolver, Holmes s'arma en plus de son stick de chasse. Mais avant toute chose, il nous fallait franchir l'obstacle des deux hommes qui nous épiaient. Le défilé des suffragettes battait encore son plein. On entendait les slogans et les chants des femmes révoltées et les huées des nombreux rétrogrades ou phallocrates qui assistaient à cette manifestation.

- N'avez-vous jamais rêvé d'être femme, Watson ? me demanda Holmes.

La question m'interloqua.

- Cette idée ne m'a jamais effleuré.

- Je vous en propose pourtant l'expérience. À l'aide de quelques artifices, nous allons nous travestir et nous glisser, incognito, dans la manifestation des suffragettes. Cela nous permettra de berner nos cerbères.

Malgré la gravité de la situation, Holmes semblait profondément s'amuser et prendre plaisir aux dangers auxquels nous allions nous exposer.

Il m'emmena dans la pièce qu'il réservait à ses expériences de chimie et nous en ressortîmes déguisés en femme : un chapeau à fleurs sur la tête, une robe longue au-dessus de nos vêtements et quelques éléments de maquillage pour adoucir les traits trop virils de nos visages nous transformèrent en passables demoiselles. Nous sortîmes de notre pension bras dessus, bras dessous, comme de vieilles amies et nous mêlâmes aux suffragettes. Lorsque nous passâmes devant les deux guetteurs de l'Okhrana, nous leur jetâmes un discret coup d'œil. Si notre sortie les avait alertés, notre déguisement, lui, les avait rassurés et nous passâmes devant eux sans qu'ils se préoccupassent de nous, leurs regards toujours rivés sur notre porte et la fenêtre de notre appartement. Nous avançâmes encore quelques minutes en suivant le flot des féministes. Leurs slogans étaient si enthousiasmants, leurs revendications nous semblaient si naturelles et justes et leur ferveur si communicative que nous nous surprîmes à participer de vive voix aux clameurs politiques de ce défilé - non sans provoquer, autour de nous, des réactions de stupeur à l'écoute de nos voix graves.

Lorsque nous fûmes suffisamment éloignés du 221 B. Baker Street, nous sortîmes de la manifestation, nous cachâmes dans la petite impasse de Montagu Row afin de nous débarrasser de nos accoutrements et filâmes à toutes jambes vers Scotland Yard. Holmes voulait s'assurer avant de partir à la recherche d'Alex Retznick que les sbires de l'Okhrana ne l'avaient pas déjà abattu.

L'inspecteur Gregson nous accueillit chaleureusement. Rapidement Holmes lui apprit les raisons de notre visite et sans tergiverser, trop heureux de remercier par ce service l'aide précieuse que mon ami lui avait apportée dans les trois dernières affaires qui avaient agité la police londonienne, il nous accompagna à la morgue.

- Vous êtes sur une nouvelle affaire, Holmes ? demanda-t-il en chemin.

- Oui, Gregson, mais pour une fois c'est, je l'espère, pour éviter un meurtre et non pour le résoudre que nous enquêtons.

- Alors vous ne vous contentez plus d'arrêter les criminels ; désormais vous cherchez à prévenir les crimes ! plaisanta l'inspecteur. Méfiez-vous Holmes, vous allez fâcher les policiers, si vous les privez de leur travail.

Holmes laissa filer la boutade et demeura silencieux. Nous étions devant la porte de la morgue, et l'inquiétude des résultats de notre recherche ainsi que l'enquête à venir absorbait totalement son esprit. Devant le mutisme de notre ami, Gregson n'insista pas et ouvrit la porte. Le froid et l'odeur de camphre nous saisirent dès l'entrée. Nos pas résonnaient dans la pièce lugubre et blafarde carrelée de blanc. Gregson, d'un geste du bras, présenta devant nous, une quinzaine de brancards métalliques alignés portant chacun un cadavre recouvert d'un drap et dit d'une voix amère et résignée :

- Voici le résultat d'une journée banale à Londres.

Holmes se précipita sur le premier cadavre. Il en inspecta l'avant-bras droit, puis rapidement il passa au second. Intrigué, Gregson me demanda ce qu'il faisait.

- L'homme dont nous redoutons la mort nous a été décrit comme possédant un tatouage caractéristique sur l'avant-bras. Son identification est ainsi plus rapide que…

Mais je m'interrompis, car Holmes me héla d'une voix grave.

- Watson, ici.

- Alex Retznick ?

- Peut-être.

Holmes souleva le drap, mais le visage qui nous apparut était celui d'un jeune homme brun. Mon immédiat soulagement ne fut pas partagé par mon ami qui, sortant sa loupe, examina la chevelure du cadavre puis se mit à la fouiller de ses doigts rapides.

- Holmes, que faites-vous ?

- Je vérifie qu'il ne s'agit pas d'une teinture et je cherche... ceci.

Holmes avait extirpé de la chevelure deux filaments qu'il me tendit triomphalement.

- Du fil blanc ? m'étonnai-je sans comprendre, et alors Holmes ?

- Pas du fil blanc, Watson, des cheveux. Issus d'une perruque. Regardez, ils n'ont pas de racines. L'homme que vous voyez là est celui qui a alerté, grimé en vieille femme, Retznick ce matin. Cela confirme l'extrême détermination de nos adversaires et l'urgence de notre action. Ils sont en chasse et sur les talons de Retznick à qui ils ne laisseront aucune chance. Nous n'avons pas une minute à perdre si nous voulons le sauver. Gregson, ce cadavre, lorsqu'il était vivant, portait des vêtements. Où sont-ils ?

- Généralement, avant l'autopsie, on les stocke sous le brancard, dit-il en écartant le drap qui s'étendait jusqu'à terre et en en sortant un sac de jute. Tenez, les voici.

Holmes s'en saisit, étala son contenu sur le sol et s'agenouilla pour les inspecter. Nous l'observions en silence.

- Avez-vous des détails sur ce mort ?

Gregson consulta la fiche accrochée à l'orteil du cadavre.

- Hélas, non. Aucune pièce d'identité, aucun papier. Nous ne savons ni qui il est, ni où il habite.

- Dans ce cas, l'analyse de ses vêtements nous donnera sûrement des indications qui permettront au moins de localiser son lieu de résidence et, puisque cet homme est un camarade de Retznick, on peut supposer que ce dernier fréquente les mêmes lieux.

Au bout de quelques minutes, Holmes se releva.

- Je crois en avoir fini. Venez, Watson, il n'y pas de temps à perdre. Mais avant de partir une dernière chose.

Holmes s'empara de l'encrier et de la plume déposés sur le bureau du médecin légiste puis s'installa à côté du brancard. À côté de celui du cadavre, il étendit son bras à l'intérieur duquel il répliqua sur sa peau avec soin le tatouage.

- À votre tour, Watson. Ce fac-similé nous servira de signes de reconnaissance parmi les émigrés russes et il nous ouvrira sûrement des portes et des bouches.

Quelques minutes s'écoulèrent dans une extrême concentration et le regard curieux et intéressé de Gregson. Quand l'opération fut finie, il s'autorisa à intervenir.

- Avez-vous besoin de notre aide ?

- Oui, inspecteur. Pourriez-vous poster quelques hommes au 221B. Baker Street. Mme Hudson et une amie y sont cloîtrées et sous la menace d'une agression imminente.

- J'envoie immédiatement quelques hommes, Holmes, et moi je vous accompagne.

- Non, Gregson, nous devons agir le plus discrètement possible. Vous êtes trop connus là où nous allons. Si ces truands apprennent que nous sommes à leurs trousses alors ils agiront sur-le-champ et avec férocité. Mais tenez-vous prêt à agir dès que je vous avertirai.

- Bien, Holmes.

- Allons, Watson, conclut Holmes avec énergie.

Nous nous précipitâmes hors de Scotland Yard et hélâmes un cab. Holmes fit miroiter un souverain devant les yeux du cocher.

- Sur les docks, de toute urgence et voici pour vous, si vous y êtes en moins dix minutes.

- C'est comme si vous y étiez !

Le cocher fouetta son cheval qui hennit et partit d'un trot rapide.

- Sur les docks, Holmes ?

- Oui, la boue aux chaussures du mort ne laisse aucun doute et de ses vêtements émanait une forte odeur d'opium. Il y a trois fumeries là-bas. Retznick doit sûrement se cacher dans l'une d'entre elles.

Le cocher fit des prouesses et mérita le souverain promis qu'il mordit avec fierté en guise de remerciement. Il nous avait déposés à l'entrée du quartier des docks dans lequel il refusait d'entrer autant à cause de l'étroitesse de ses ruelles dans lesquelles il était malaisé de conduire que par crainte des bandes de truands avides de détrousser des voyageurs. Nous nous enfonçâmes donc à pied dans ce cloaque. J'y venais pour la première fois. Malgré le soleil encore haut, le quartier était plongé dans une pénombre malsaine, saturé des miasmes des teintureries alentour, des pestilences des égouts se déversant dans la Tamise et recouvert des fumées des cheminées des bateaux à vapeur. Les ruelles s'enchevêtraient, formant un labyrinthe si étroit que jamais le soleil ou l'air ne devaient y pénétrer et y assainir l'atmosphère. De rares gazogènes éclairaient mal les carrefours : un univers de coupe-gorge pour la traversée duquel j'étais heureux d'être armé. Je ne sais comment Holmes se repérait dans ce dédale de façades identiquement délabrées, mais il avançait d'un pas assuré. Ce devait être là, supposais-je, qu'il avait ses adresses lors de ses crises d'opiomanie. Enfin, l'enseigne d'une première taverne apparut. Nous y pénétrâmes. Quelques matelots désœuvrés suspendirent leurs gestes à notre entrée puis, assurés que nous n'étions pas de la police, reprirent leur conversation au rythme lent de leurs chopines. De la salle, on distinguait, au fond, le dortoir, noyé dans la fumée des pipes d'opium, où, allongés sur un alignement de grabats, plusieurs mornes fumeurs s'adonnaient à leur vice. Sans rien dire, Holmes se dirigea vers le patron, fit miroiter une pièce d'une livre et montra son avant-bras. L'homme regarda la pièce puis le tatouage, secoua négativement la tête en empochant la livre. Nous partîmes alors en direction de la seconde taverne. Deux matelots, visiblement ivres, nous emboîtèrent le pas. Lorsque nous fûmes dehors, Holmes me murmura :

- Tenez votre arme prête.

Surpris par cette alarme, j'allai me retourner, mais Holmes me retint.

- Ne vous retournez surtout pas. Marchons tranquillement, nous allons voir si j'ai raison.

Mon ami ralentit le pas, s'arrêta, alluma une cigarette. L'arrêt immédiat des deux marins à la suite du nôtre confirma les craintes de Holmes.

- Courons, Watson.

Notre brusque et inattendu départ surprit les deux hommes sur lesquels nous eûmes ainsi une confortable avance. Au premier carrefour, nous bifurquâmes et Holmes m'arrêta.

- Attendons-les ici, nous les surprendrons, dit-il en serrant dans sa main son stick de chasse.

Je sortis mon revolver. Nous n'entendions que notre respiration et le bruit des pas de nos poursuivants qui se rapprochaient. Lorsque les deux hommes furent presque au croisement, Holmes passa à l'attaque.

- Maintenant, Watson.

Nous surgîmes alors devant eux. L'effet de surprise fut total. Il nous octroya quelques secondes de sidération dont nous profitâmes. Je pointai mon arme sous le nez d'un des marins tandis que Holmes frappait violemment de son stick le poignet du deuxième agresseur qui, sous l'effet de la douleur, lâcha son coutelas. Rapidement, Holmes sortit une paire de menottes et, avant que les deux inconnus eussent pu décider s'ils devaient se soumettre, s'enfuir ou se battre, Holmes les avait attachés l'un à l'autre. Il en assomma un d'un coup sur la nuque.

- Il leur va être difficile de s'enfuir, ainsi prisonnier l'un de l'autre, dit-il.

Puis il sortit un sifflet de police. Le bruit strident se propagea dans les ruelles.

- Mon coup de sifflet va alerter les patrouilles environnantes qui ne tarderont pas à retrouver ces deux malfrats. Ne nous occupons plus d'eux... Il semble que l'Okhrana partage ma conviction. Elle a déployé ses agents dans tout le quartier. Tentons de les prendre de vitesse.

Nous arrivâmes rapidement devant le deuxième repaire. La même scène entre Holmes et le patron derrière le comptoir se répéta, mais cette fois-ci, bien qu'il niât reconnaître le sigle du Bund, l'hésitation de l'homme et le regard jeté par-dessus l'épaule de Holmes le trahirent. Holmes se retourna. Aucun des clients n'avait bougé. Tous paraissaient indifférents à la scène. Pourtant l'un d'entre eux devait être Retznick. Certains portaient un bonnet, aucun des autres n'était blond. Je n'aurais pu reconnaître notre homme. Holmes, lui, le repéra. Il me fit signe de le suivre et nous nous dirigeâmes vers la table d'un client coiffé d'un bonnet et occupé à lancer des dés en buvant une bière. Dès que nous fûmes près de lui, il renversa sa table sur nous en hurlant et se précipita au-dehors. Je tentai de l'arrêter, mais il me bouscula violemment d'un coup d'épaule. Je trébuchai. Holmes ne s'interposa pas, mais prononça simplement, d'une voix forte : « Judith Gardner ! » Cet appel l'arrêta net. Il se retourna, sortit un coutelas et le pointa vers nous :

- Qui êtes-vous ? Si c'est ...

- Non, M. Retznick, rassurez-vous. Nous travaillons pour Melle Gardner et notre but est de vous aider, vous et elle, à échapper aux griffes de l'Okhrana.

Retznick rangea son couteau ; sa résolution et sa violence avaient disparu laissant place à la plus extrême inquiétude :

- Judith, comment va-t-elle ?

- Ce lieu est mal choisi pour une explication. Vous êtes un fugitif et le quartier fourmille d'agents ennemis. Si vous voulez bien nous suivre. Nous allons utiliser quelques chemins que peu de Londoniens connaissent.

Au lieu de nous enfuir par la porte, Holmes nous entraîna vers l'arrière-salle. Nous traversâmes le dortoir de la fumerie. Il s'arrêta au onzième lit.

- Il est toujours inoccupé. Je le réserve à l'année, nous dit-il en bataillant contre la paroi, car, il parvint à ouvrir une trappe adroitement dissimulée dans les boiseries du mur, car cet accès secret mène directement au sous-sol, qui lui-même nous amène à un réseau souterrain d'anciennes galeries qui elles-mêmes, mais suivez-moi, vous verrez bien.

Holmes saisit, en descendant les quelques marches qui menaient à la première cave, une torche de charpie goudronnée et nous dirigea ainsi, une heure durant dans un monde étrange de tunnels silencieux dans laquelle la torche faisait danser des ombres fantastiques. Nous parvînmes ainsi dans ce qui semblait être l'arrière-boutique d'un brocanteur. Le propriétaire était justement en train d'y entrer au moment où je refermai la porte dérobée. Je le reconnus tout de suite : c'était un prêteur sur gages, recéleur à ses heures et surtout, appartenant au réseau d'informateurs de Holmes. Il sursauta, eut un réflexe de défense en saisissant l'arme qu'il cachait dans sa veste, habitué qu'il était aux individus louches qui côtoyaient sa boutique puis se détendit et sourit. Nous étions au numéro 108 de la rue de Baker Street.

- M. Holmes ! Quelle surprise ! Cela fait longtemps que je ne vous ai vu prendre ce chemin. Je m'étais dit que vous étiez guéri. Mais je ne vous ai pas vu passer par là ?

À ce premier étonnement, s'en ajouta un second lorsqu'il le vit accompagner de Retznick et de moi-même.

- Cette fois-ci, il ne s'agit pas d'opium, mais d'exfiltration. Mac Avoy, le succès de cette affaire dépend de notre anonymat. Je compte sur vous pour garder notre apparition secrète. Si vous en parliez à quiconque, vous nous mettriez en danger et vous courriez vous aussi un grand péril.

- M. Holmes, vous savez que vous pouvez tout me demander. C'est bien simple. Je ne vous ai pas vus, vous n'êtes même pas là.

- Merci, Mac Avoy.

Nous sortîmes et marchâmes d'un pas rapide et prudent jusqu'à l'approche de notre appartement. Puis notre déplacement devint encore plus précautionneux. Nous profitions du moindre recoin, du plus petit arbre ou kiosque pour nous y dissimuler et observer les accès à notre immeuble. La rue fourmillait de l'habituelle agitation des gens rentrant de leur travail et nous ne constatâmes aucun comportement suspect. Les deux hommes du matin avaient quitté leur guet et personne ne semblait les avoir remplacés. Cette absence ne pouvait pas nous rassurer, car elle pouvait signifier tout autant l'échec de leur mission que sa réussite. Aussi Holmes, lorsque nous fûmes à quelques mètres de l'entrée, mit la main à son révolver. J'en fis de même. Retznick sortit son coutelas. La porte de l'immeuble était entrouverte. Holmes en écarta le plus délicatement et silencieusement possible le battant et observa l'intérieur puis il se retourna vers nous. Son visage était blême. Il nous murmura :

- Deux hommes que Mme Hudson tient en joue. Nous devons faire vite.

Nous pénétrâmes brusquement dans le couloir. Holmes cria :

- Vous êtes cernés, rendez-vous.

Mais les deux hommes, un moment désarçonnés par la stupeur, se ressaisirent vite. Au lieu de nous viser, ils pointèrent leurs armes sur les deux femmes et dirent dans un langage simple et avec un accent russe :

- Vous nous touchez, nous tuons elle.

On entendit cliqueter le chien de leur révolver. Mme Hudson, résolue, se dressait devant les agresseurs et en tenait un en joue, mais son bras tremblait. Judith Gardner, malgré l'épouvante qu'on lisait sur les traits de son visage, s'était armée d'un tranchoir de cuisine et était prête à se battre vaillamment. Le face à face sembla durer une éternité. Je murmurai à Holmes :

- J'étais un excellent tireur en Inde, durant ma campagne militaire. J'attends vos ordres.

L'un des Russes reprit la parole.

- Vous avez dix secondes pour laisser passer. Sinon elles meurent.

Sa voix affermie, terriblement calme, traduisait le sérieux de sa menace. Holmes prit sa décision.

- Mme Hudson, maintenant, cria-t-il.

Son arme et la mienne firent feu simultanément sur le même assaillant qui s'effondra sans avoir pu tirer. Holmes s'élança sur le deuxième homme, mais, avant qu'il ne l'atteignît, celui-ci se jeta sur Melle Gardner, la saisit à la gorge et plaqua le canon de son arme contre la tempe de la jeune femme :

- Un pas, je tue, hurla-t-il.

L'homme acculé était prêt à tout. Nous nous écartâmes pour le laisser passer. Il passa devant nous puis, lentement, recula vers la porte afin que son otage serve de bouclier entre nos armes et lui. Retznick, désespéré, voyait disparaître la femme qu'il aimait. Alors, avec la vivacité d'un fauve, il fit un bond en avant et s'élança sur le criminel. Il le bouscula. Déséquilibré l'homme tira, mais la balle se perdit dans le plafond. Il lâcha Judith, tomba au sol. Retznick se jeta sur lui, pesa de tout son corps sur son adversaire, brandit son couteau et sans un mot, dans un terrifiant silence, lui transperça le cœur. Reznick se releva. Un moment de stupeur nous saisit tous les quatre après ce déchaînement de violence. Nous observions ahuris, à nos pieds, les deux cadavres. Puis Retznick rejoignit Judith et la prit dans ses bras. J'allai m'occuper de Mme Hudson qui vacillait sur ses jambes, lui enlevai l'arme que sa main tremblante tenait encore et l'invitai à s'asseoir. Holmes rapidement dégagea les deux corps du couloir puis sortit. Il revint quelques minutes plus tard avec les deux policiers que Gregson avait envoyés en renfort. Leur visage tuméfié témoignait de l'agression qu'ils avaient subie. Il les avait découverts dans Dorset Square, non loin de notre rue. Les malfrats les avaient surpris, assommés et abandonnés là avant d'investir le rez-de-chaussée de notre pension.

Gregson vint dans la soirée nous débarrasser des corps et prendre nos dépositions. Puis nous nous fîmes nos adieux. Aucun lieu en Angleterre ne serait plus jamais sûr pour Judith Gardner et Alex Retznick. Ils le savaient et le père de Judith en convenait. Bien que Gregson, mis au courant, ait lancé ses limiers à la poursuite des agents de l'Okhrana présents à Londres, il en resterait toujours un qui échapperait aux coups de filet et menacerait la vie des deux fiancés. Le tsar, à l'aide de sa cruelle police, ne lâcherait pas ses proies et harcèlerait impitoyablement ses opposants, afin de les faire taire et de régner sans partage si bien qu'Alex Retznick et Judith Gardner décidèrent de fuir aux États-Unis. « Il y a du travail pour moi là-bas, déclara-t-il, de nombreux ouvriers ont besoin d'être défendus. »

De Southampton, à l'aube, un bateau partait pour New York. Un train de nuit à la gare de Waterloo les y amènerait juste à temps pour embarquer. Ils s'en allaient avec presque rien : deux valises, un peu d'argent, tout leur courage et leur amour. Ils nous remercièrent. Mme Hudson enlaça chaleureusement Judith Gardner. La porte se referma. Ils disparurent dans la nuit. Notre logeuse était inconsolable, mais épuisée par le chagrin et les évènements de la journée, elle s'endormit dans le fauteuil de Holmes. Je la débarrassai de la tasse de thé qui menaçait de se renverser sur ses genoux et nous nous installâmes dans le bureau. Malgré la fatigue, j'avais besoin d'en savoir plus.

- Dans la fumerie, Holmes, comment avez-vous pu reconnaître Retznick ? Tous les clients avaient quasiment le même aspect.

- Rappelez-vous, Watson. Melle Gardner nous avait signalé qu'il travaillait la nuit et portait des lunettes. Dans la salle, tous avaient le teint hâlé des marins. Seul lui avait la peau pâle d'un homme qui voit peu la lumière du jour. Ses yeux cernés marquaient une fatigue profonde et son nez portait les empreintes de la pression d'une paire de lunettes. Il s'agissait donc d'Alex Retznick.

- Bravo Holmes. Je suppose que vous avez découvert aussi qui il était en réalité.

- Non, mes facultés ne vont pas jusqu'à la voyance. Pendant que vous vous occupiez de nos deux femmes et d'expliquer à Gregson les principaux éléments de l'affaire, Alex Retznick me résuma sa vie. Son vrai nom est Alexeï Retznickov. Il est un membre important du Bund qui s'oppose farouchement à la dictature du tsar Nicolas II et soutient les ouvriers dans leurs revendications émancipatrices. À Odessa, il était le rédacteur en chef d'un journal d'opposition que l'Okhrana fit fermer. Il continua de publier son journal de manière clandestine. Mais il fut dénoncé et dut s'enfuir avec plusieurs de ses camarades, car ils étaient à deux doigts d'être arrêtés et déportés. Il trouva momentanément refuge en Angleterre. Ses compétences en imprimerie lui permirent de trouver un travail chez M. Gardner. Il poursuivait, la nuit, son travail de journaliste et imprimait en secret quelques feuilles quotidiennes pour le Bund. Mais il fut de nouveau trahi. Vous connaissez la suite.

Nous n'eûmes plus jamais de nouvelles des deux amants. J'espère qu'ils auront survécu et pu mener à bien leur combat.

Table des matières

Dépôt légal juillet 2019

PGCOM Editions Route Inthatarteak 64480 Ustaritz